KB118227

전원에 머문 날들

**LOGIS IN EINEM LANDHAUS**
by W. G. Sebald

Logis in einem Landhaus
W. G. Sebald

# 전원에 머문 날들
## W. G. 제발트

이경진 옮김

문학동네

일러두기

1. 이 책은 아래의 원서를 완역한 것이다.
   W. G. Sebald, *Logis in einem Landhaus* (Frankfurt am Main: Fischer Taschenbuch Verlag, 2000 / 2003).
2. 본문의 모든 각주는 옮긴이주다.
3. 본문에서 옮긴이가 보충한 말은 [ ]로 표기했다.
4. 외래어 표기는 가급적 국립국어원 외래어 표기법에 따르되, 관습으로 굳어진 경우 관례를 존중했다. (예: 실러→쉴러, 젬파하→젬파흐)
5. 원서에서 이탤릭체로 강조한 것은 볼드체로, 독일어 외의 외국어로 표현된 말은 고딕체로 표기했다.
6. 단행본, 정기간행물 등은 『 』로, 시, 단편 등은 「 」로, 회화, 음악, 영화, 공연 등은 〈 〉로 구분했다.

# 머리말

    이 책에 실린 여러 편의 에세이에서 다루는 작가들을 처음 접한 지도 족히 30년은 되었다. 1966년 초가을, 스위스를 떠나 맨체스터로 가게 됐을 때 고트프리트 켈러의 『초록의 하인리히』, 요한 페터 헤벨의 『라인 지방 가정의 벗의 보물상자』, 그리고 로베르트 발저의 다 뜯어져가는 『벤야멘타 하인학교: 야콥 폰 군텐 이야기』를 여행가방에 챙겨넣었던 기억이 아직도 또렷하다. 그뒤로 수천, 수만 쪽의 글을 읽었지만 이 책들과 작가들을 귀히 여기는 내 마음은 조금도 변함이 없고, 그래서 만일 지금 또다시 다른 섬으로 이주해야 한다고 해도 이 책들은 다시 한번 내 짐 속에 들어가 있으리라. 요한 페터 헤벨, 고트프리트 켈러, 로베르트 발저에게 한결같은 애정을 품어왔던 터라, 어쩌면 너무 늦어지기 전에 이 작가들에 대해 경의를 표해야겠다는 생각이 들었다. 여기에 다른 계기로 쓰게 된 장-자크 루소와 에두아르트 뫼리 케에 대한 두 편의 소품들이 더해졌다. 그러자 이 글들이 위 맥락에 제법 잘 어울린다는 사실이 새삼 드러났다. 이제 책 이 다루는 시간은 200년 가까이로 늘어나게 되었는데, 이처 럼 긴 시간이 흘렀지만 모든 감정을 기어이 문자로 일일이 옮기게 만들고 기막힌 정확성으로 삶이라는 궤적을 비껴가 는 그 기이한 병리적 행동들에는 아무런 변화가 없다는 사 실을 우리는 이 책에서 확인해볼 수 있다. 이런 점들을 살펴 볼 때마다 언제나 내게 당혹감을 불러일으키는 것은 바로 이 문인들의 끔찍스러운 끈기다. 글쓰기라는 악덕은 너무나 고약해서 어떤 약도 듣지 않는다. 이 악덕에 빠진 자들은 글 쓰기의 즐거움이 사라진 지 오래여도, 심지어 켈러가 말했 듯 나날이 바보천치로 떨어질 위험이 있는 중년의 위기가 찾아와도, 머릿속에서 끊임없이 돌아가는 수레바퀴를 멈추 고 싶다는 생각만큼 절박한 바람이 없는 때에도 그 악덕을 계속해서 실천한다. 루소는 생피에르섬의 피난처에서—그 때 그는 고작 쉰세 살이었다—영원히 계속되는 상념을 이 제 그만 멈추고 싶다고 생각했지만, 죽을 때까지 쓰고 또 썼 다. 뫼리케 또한 그런 수고를 들일 필요가 없게 된 지 한참 이 지났는데도 계속해서 자기 소설을 고치고 또 고쳤다. 켈 러는 문학에 자기 자신을 완전히 바치기 위해 쉰여섯의 나 이에 공직에서 사임하기까지 했다. 발저는 스스로를 이른 바 금치산자로 만듦으로써만 비로소 글쓰기의 강박에서 해방될 수 있었다. 이런 단호한 조치들과 관련하여, 나는 몇 달 전 프랑스 방송국이 제작한 영상에서 예전에 헤리자우 요양원에서 일했다는 요제프 베를레라는 간호사의 회고를 듣고 큰 충격을 받았다. 그는 발저가 문학을 완전히 등졌음에도 여전히 조끼 호주머니 속에 몽당연필 한 개와 별도로 잘라낸 메모지들을 늘 넣어가지고 다니면서 이런저런 것들을 자주 적어넣곤 했다고 이야기했다. 물론 발저는 누군가가 자신을 보고 있다고 느끼면 마치 나쁜 짓이나 심지어는 부끄러운 짓을 하다가 들킨 사람처럼 언제나 부리나케 메모장을 주머니에 다시 감췄다고 베를레는 덧붙였다. 아무래도 작가들에게 글쓰기라는 것은 아무리 지긋지긋하고 답이 없는 일 같아 보여도 어느 날 갑자기 그만둘 수는 없는 그런 일인 것 같다. 글 쓰는 주체의 입장에서 보면 그런 자신을 변호하기 위해서 내놓을 수 있는 근거란 아무것도 없으며, 따르는 보상 또한 적다. 어쩌면 켈러가 원래 계획했던 바처럼 젊은 예술가가 예술가로서의 이력이 비극적으로 끊기고 모든 것을 포기하는 '삼나무*처럼 어두운 결말'을 맞이하는 짧은 소설을 하나 써버리고는 절필하는 편이 정말로 더 나을지도 모른다. 물론 독자들로서는 손실이 클 수 있다. 자기 자신의 말의 세계에 포로로 붙잡힌 불쌍한 작가들이 정작 자신의 삶에서는 결코 누려보지 못한 그런 아름다움과 강렬함의 전망

* 서양에서는 애도의 의미로 교회 묘지나 예배당 옆에 많이 심는다.

을 독자를 위해서는 간혹 성공적으로 열어줄 때가 있기 때문이다. 그래서 나 또한 한 사람의 독자로서 나보다 먼저 살았던 동료들에게 지금부터 다소 장황하지만 그렇다고 남다른 야심을 품고 있지는 않은 난외주석Marginalien의 형식으로 헌사를 바치고자 한다. 맨 마지막에 한 화가에 대한 에세이가 실린 것은 나름의 질서를 따른 결과다. 그건 내가 이 화가 얀 페터 트리프와 상당히 오랜 기간 오버스트도르프에서 함께 학교를 다녔고, 우리 둘 다 켈러와 발저를 귀하게 여기기 때문만은 아니다. 아주 깊숙이 들여다봐야 한다는 점, 예술은 수공예 없이는 살아남을 수 없다는 점, 사물들을 하나씩 헤아리는 일에는 감수해야 할 많은 어려움이 따른다는 점을 내게 가르쳐준 것이 바로 그의 그림들이기 때문이다.

# 하늘에 혜성이 떠 있네*
라인 지방 가정의 벗의 명예를 기리기 위한 달력 기고문

* 헤벨의 이야기 「1811년의 혜성Der Komet von 1811」(1813)에 나오는 한 구절.

발터 벤야민이 1926년 요한 페터 헤벨*의 서거 100주기 되는 날을 기념하여 마그데부르크 신문에 발표한 평론†의 서두에는 이렇게 쓰여 있다. 19세기는 헤벨의 『라인 지방

---

* Johann Peter Hebel(1760-1826). 스위스 바젤에서 태어나 독일의 서남부 바덴 지방에서 자란 작가이자 목사. 달력 이야기를 묶어놓은 『라인 지방 가정의 벗의 보물상자』의 작가로 잘 알려져 있다. 당시 달력은 성서와 함께 일반 민중들의 몇 안 되는 읽을거리로, 요일과 날짜는 물론이고 생활에 필요한 실용적인 정보와 재미있는 일화나 이야기를 싣는 경우가 많았다. 헤벨은 1803년 당시 판매 부진에 빠져 있던 〈바덴 달력Der Badische Landkalendar〉의 새 편집 책임을 맡아 이야기의 지면을 크게 확대했고, '라인 지방 가정의 벗'이라는 필명으로 교훈적이고 재치 넘치는 달력 이야기를 기고해 대성공을 거두었다. 이 이야기들은 1807년에 『라인 지방 가정의 벗의 보물상자』라는 제목으로 묶여 나왔고, 전국적으로 큰 사랑을 받았다. 이외에도 헤벨은 바덴 지방 방언인 알레만어로 시를 써 당대에 높은 평가를 받았다.

† 발터 벤야민, 「요한 페터 헤벨·1 ─그의 서거 100주기에 부쳐」, 『서사·기억·비평의 자리』, 최성만 옮김, 도서출판 길, 2012, 169~176쪽.

가정의 벗의 보물상자*Schatzkästlein des rheinischen Hausfreunds*』*
에 독일 문학의 가장 순정한 산문예술이 담겨 있다는 통찰
을 편취당한 세기이며, 이 시대 사람들은 교양에 대한 자만
심에 넘쳐 이 보물상자의 열쇠를 농부들과 아이들에게 던져
놓고, 그 안에 무엇이 들어 있는지 거들떠보지도 않았다고
말이다. 실제로 괴테와 장 파울이 이 바덴 지방의 달력 이야
기 작가에게 찬사를 바치고 난 뒤 한참의 시간이 흘러 카프
카와 블로흐,† 그리고 벤야민이 그를 재평가할 때까지, 시
민 계층 독자들에게 헤벨을 보다 친근하게 소개하고, 우리
가 헤벨을 망각해버리는 바람에 정의와 관용의 이상을 지
향하는 세계에 대한 보다 좋은 진귀한 상상들을 얼마나 놓
쳐버렸는가를 설명해줄 수도 있었을 목소리는 거의 존재하
지 않았다. 이는 1910년대와 1920년대에 헤벨의 사후 명성
을 드높이려 한 유대계 작가들의 힘이 얼마나 미약했는지를
보여주는 동시에, 그와는 반대로 나치들이 이 비젠탈‡ 출신
의 향토작가를 전유할 때 발휘한 영향력은 얼마나 막강했
는지를 보여주는 독일 정신사의 한 토막이다. 이런 식의 점
유가 어떤 그릇된 신新게르만주의적인 논변으로 선전되었

---

* 국내에는 이 이야기집의 일부가 『이야기 보석 상자』(강창구 옮김, 부북스,
2013)라는 제목으로 번역되어 있다.
† 철학자 에른스트 블로흐는 헤벨의 「뜻밖의 재회」를 "세상에서 가장 아름다운
이야기"라고 칭송했다.
‡ 스위스와 국경을 맞대고 있는 독일 남서부 삼림 지대인 슈바르츠발트의 한
계곡 지명이다. 헤벨은 바젤과 비젠탈을 오가며 유년 시절을 보냈다.

고 그 효과가 얼마나 오래 지속되었는가는 로베르트 민더*
가 하이데거의 헤벨에 대한 1957년도 연설†을 근거로 보여
준 바 있다. 하이데거의 연설은 파시스트 정권 치하에서 요
제프 바인헤버, 귀도 콜벤하이어, 헤르만 부르테, 빌헬름 셰
퍼 등 자신들의 은어가 민중의 언어 자체에서 곧바로 발원
한 것이라고 믿었던 여타 독일 문화유산의 수호자들이 주장
했던 바와 전체적인 필치에서 조금도 다르지 않았다. 내가
프라이부르크에서 대학을 다니기 시작했던 1963년 즈음에
이 모든 상황은 여전히 쉬쉬하는 분위기 속에서 감춰져 있
었다. 그후로 이따금씩 자문해보곤 하지만, 만약 그 당시에
조금씩 출간되기 시작했던 벤야민이나 프랑크푸르트학파,
그러니까 부르주아 사회사 및 정신사를 연구하는 유대계 학
파였던 이들의 저작이 다른 관점들을 열어주지 않았더라
면, 우리의 문학 이해는 얼마나 음울하고 기만적인 채로 남
아 있었을지 아찔하기만 하다. 아무튼 내 개인적인 이야기
를 해보자면, 그때 나는 블로흐나 벤야민의 도움이 없었더
라면 하이데거의 안개로 뒤덮여 있던 헤벨이라는 작가로 들
어가는 입구를 좀처럼 발견하지 못했을 것이다. 하지만 지
금도 그의 달력 이야기를 매번 다시금 새롭게 펼쳐보곤 하

* Robert Minder(1902-1980). 알자스-로렌 지방 출신의 프랑스 독문학자이자
비교문학자.
† 하이데거의 강연 「헤벨—가정의 벗Hebel—der Hausfreund」, 『사유의 경험
으로부터』(신상희 옮김, 도서출판 길, 2012)에 수록.

는데, 그건 아마도 벤야민도 간파했듯이 이 이야기의 쉽게 잊히는 속성이 그것의 완전무결함을 보여주는 증표이기 때문일 것이다. 그러나 제크링겐의 이발사[*]와 펜자의 재단사[†]가 여전히 존재하는지 몇 주마다 거듭 확인하게 되는 이유가 단지 헤벨의 산문이 지닌 에테르 같은 휘발성 때문만은 아니다. 내가 계속해서 헤벨에게로 되돌아갈 수밖에 없었던 이유는 많은 면에서 헤벨의 '가정의 벗'을 연상시키는 말씨를 썼던 내 조부가 해가 바뀔 때마다 켐프터 달력을 구입하는 습관이 있었다는 아주 사소한 사실 때문이었다. 조부는 달력에 당신의 친척들과 친구들의 수호성인의 날,[†] 첫서리, 첫눈이 내리는 날, 푄 바람이 시작되는 날, 폭우와 우박이 내리는 날 등을 지워지지 않는 연필로 기입해두었고, 메모난에는 압생트[§]나 엔치안[¶] 제조법을 적어두기도 했다. 물론 그 역사가 무려 1773년까지 거슬러올라가는 1950년대

---

[*] 어느 오만한 군인이 제크링겐의 이발소에 와서 자신의 얼굴을 면도하다가 상처라도 내면 이발사를 죽이겠다고 위협한다. 그러자 모든 이발사들이 겁을 먹고 도망을 가버려, 가장 신참인 수습이발사에게 차례가 돌아간다. 그는 군인의 얼굴을 무사히 면도해주었을 뿐만 아니라, 목숨이 위험했던 사람은 이발사가 아니라 이발사의 칼에 목을 맡기고 있는 군인이었다는 깨달음도 준다.

[†] 러시아의 도시 펜자로 이민을 와 재봉 일로 기반을 닦은 바덴 출신의 프란츠 안톤 에게트마이어는 나폴레옹의 모스크바 전투에서 포로로 잡힌 독일 군인들을 물심양면으로 도와 많은 사람들에게 큰 감동을 주고 귀감이 된다.

[†] 가톨릭 신자들은 자기가 특별히 좋아하는 성인이나 성녀를 택하여 모시고 그 이름을 세례명으로 받는데, 그 성인이 자신을 보호한다고 믿는다.

[§] 포도주에 쑥향을 첨가한 술.

[¶] 용담 뿌리를 고아 만든 브랜디.

16

뢰텔른성과 비젠탈마을이 보이는
하인리히 라이헬트의 유화

판 켐퍼 달력에 실려 있던, 프란츠 슈룅하머-하임달과 엘제 에버하르트-쇼바허 같은 작가들의 레히탈 출신의 목동

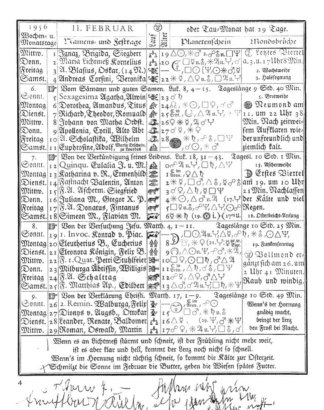

이나 산에서 발견된 해골 따위를 다루던 이야기들이 헤벨의 이야기에 필적할 수준은 아니었다. 하지만 가정달력의 기본

형태는 계속해서 동일하게 남아 있었다. 구구단 피라미드와 이자계산표, 매 날짜 옆에 적혀 있는 성인聖人의 이름들, 적

FEBRUAR

색으로 표시된 일요일과 휴일, 상현과 하현, 행성의 상징들 과 황도 12궁 기호 등, 기이하게도 1945년 이후에도 퇴출되

지 않은 이 모든 요소들은 달력 안에서 최상의 질서로 배치
되어 있으리라고 그 당시 어릴 적에도 그랬지만 지금도 이

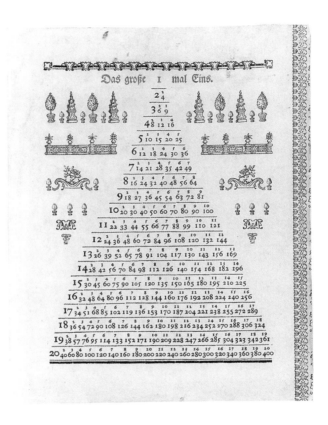

따금 상상해보고 싶은 체계를 이루고 있다. 나는 균형 잡힌
세계라는 이념을 이 달력보다 더 생생하게 마주한 적이 없

## Zins-Berechnungen.

| Kapital Betrag | Zu 2 Prozent | | | Zu 3 Prozent | | | Zu 3½ Prozent | | | Zu 4 Prozent | | | Zu 4½ Prozent | | | Zu 5 Prozent | | |
|---|---|---|---|---|---|---|---|---|---|---|---|---|---|---|---|---|---|---|
| Mark | 1 Tag | 1 Mon. | 1 Jahr | 1 Tag | 1 Mon. | 1 Jahr | 1 Tag | 1 Mon. | 1 Jahr | 1 Tag | 1 Mon. | 1 Jahr | 1 Tag | 1 Mon. | 1 Jahr | 1 Tag | 1 Mon. | 1 Jahr |
| 10 | — | 2 | 20 | — | 3 | 30 | — | 3 | 35 | — | 3 | 40 | — | 4 | 45 | — | 5 | 50 |
| 20 | — | 3 | 40 | — | 5 | 60 | — | 6 | 70 | — | 6 | 80 | — | 7 | 90 | — | 8 | 1 |
| 30 | — | 5 | 60 | — | 7 | 90 | — | 9 | 1 05 | — | 10 | 1 20 | — | 11 | 1 35 | — | 12 | 1 50 |
| 40 | — | 7 | 80 | — | 10 | 1 20 | — | 12 | 1 40 | — | 13 | 1 60 | — | 15 | 1 80 | — | 17 | 2 |
| 50 | — | 8 | 1 | — | 12 | 1 50 | — | 14 | 1 75 | — | 17 | 2 | — | 19 | 2 25 | 1 | 21 | 2 50 |
| 60 | — | 10 | 1 20 | — | 15 | 1 80 | — | 17 | 2 10 | 1 | 20 | 2 40 | 1 | 23 | 2 70 | 1 | 25 | 3 |
| 70 | — | 12 | 1 40 | — | 17 | 2 10 | 1 | 20 | 2 45 | 1 | 23 | 2 80 | 1 | 26 | 3 15 | 1 | 29 | 3 50 |
| 80 | — | 13 | 1 60 | — | 20 | 2 40 | 1 | 23 | 2 80 | 1 | 27 | 3 20 | 1 | 30 | 3 60 | 1 | 33 | 4 |
| 90 | — | 15 | 1 80 | 1 | 22 | 2 70 | 1 | 26 | 3 15 | 1 | 30 | 3 60 | 1 | 34 | 4 05 | 1 | 38 | 4 50 |
| 100 | — | 17 | 2 | 1 | 25 | 3 | 1 | 29 | 3 50 | 1 | 33 | 4 | 1 | 38 | 4 50 | 1 | 42 | 5 |
| 200 | 1 | 33 | 4 | 2 | 50 | 6 | 2 | 58 | 7 | 2 | 67 | 8 | 3 | 75 | 9 | 3 | 83 | 10 |
| 300 | 2 | 50 | 6 | 2 | 75 | 9 | 3 | 87 | 10 50 | 3 | 1 | 12 | 4 | 1 12 | 13 50 | 4 | 1 25 | 15 |
| 400 | 2 | 67 | 8 | 3 | 1 | 12 | 4 | 1 16 | 14 | 4 | 1 33 | 16 | 5 | 1 50 | 18 | 5 | 1 67 | 20 |
| 500 | 3 | 83 | 10 | 4 | 1 25 | 15 | 4 | 1 46 | 17 50 | 5 | 1 67 | 20 | 6 | 1 87 | 22 50 | 7 | 2 08 | 25 |
| 600 | 3 | 1 | 12 | 5 | 1 50 | 18 | 6 | 1 75 | 21 | 7 | 2 | 24 | 7 | 2 25 | 27 | 8 | 2 50 | 30 |
| 700 | 4 | 1 17 | 14 | 6 | 1 75 | 21 | 7 | 2 04 | 24 50 | 8 | 2 33 | 28 | 9 | 2 62 | 31 50 | 10 | 2 92 | 35 |
| 800 | 4 | 1 33 | 16 | 7 | 2 | 24 | 8 | 2 33 | 28 | 9 | 2 67 | 32 | 10 | 3 | 36 | 11 | 3 33 | 40 |
| 900 | 5 | 1 50 | 18 | 7 | 2 25 | 27 | 9 | 2 62 | 31 50 | 10 | 3 | 36 | 11 | 3 38 | 40 50 | 12 | 3 75 | 45 |
| 1000 | 5 | 1 67 | 20 | 8 | 2 50 | 30 | 10 | 2 92 | 35 | 11 | 3 33 | 40 | 12 | 3 75 | 45 | 14 | 4 17 | 50 |

Bei höheren Zinssätzen sind die Zahlen je nachdem zu teilen, oder zu vervielfältigen.

다. 과수 생육법, 밀꽃, 다양한 종류의 비, 새집에 대한 헤벨의 글은 그 어느 곳에서보다도 명료한 서술을 자랑한다. 또한 그가 공명정대한 도덕적 식견에 바탕을 두고 보은과 배

## Kalender der Juden
### für das 5716te in das 5717te Jahr der Welt.

| 5716 | (Langes Gemeinjahr 355 Tg.) | 1956 | | | 1956 |
|---|---|---|---|---|---|
| Schebat 1. | | Januar 14. | Ab 9. Fasten, Tempel-Verbr. | | Juli 17. |
| Adar 1. | | Februar 13. | Elul 1. | | August 8. |
| " 11. | Fasten-Esther | " 23. | | | |
| " 14. | Purim | " 26. | 5717 | | |
| " 15. | Schuschan-Purim | " 27. | (Langes Schaltjahr 385 Tage) | | |
| Nisan 1. | | März 13. | Tischri 1. Neujahrsfest* | | Sept. 6. |
| " 15. | Passah-Fest* (Ostern) | " 27. | " 2. Zweites Fest* | | " 7. |
| " 16. | Zweites Fest* | " 28. | " 3. Fasten-Gedaljah | | " 9. |
| " 21. | Siebentes Fest* | April 2. | " 10. Versöhnungsfest* | | " 15. |
| " 22. | Achtes Fest* | " 3. | " 15. Laubhüttenfest* | | " 20. |
| Ijar 1. | | " 12. | " 16. Zweites Fest* | | " 22. |
| " 18. | Lag-B'omer-Schülerf. | " 29. | " 21. Palmenfest | | " 26. |
| Sivan 1. | | Mai 1. | " 22. Laubhüttenfestende* | | " 27. |
| " 6. | (Wochenfest) Pfingsten | " 16. | " 23. Gesetzesfreude* | | " 28. |
| " 7. | Zweites Fest* | " 17. | Marsch. 1. | | Oktober 6. |
| Thamus 1. | | Juni 10. | Kislev 1. | | Nov. 5. |
| " 17. | Fasten, Tempel-Erob. | " 26. | " 25. Tempelweihe | | " 29. |
| Ab 1. | | Juli 9. | Tebet 1. | | Dezbr. 5. |
| | | | " 10. Fasten, Belag. Jerusal. | | " 14. |

Die mit * bezeichneten Feste werden streng gefeiert.

은의 사이를, 인색과 낭비의 사이를, 그리고 인간들이 범하는 기타 과오와 악덕들 사이의 영역들을 어떻게 세분화하는지를 보고 있노라면, 균형 잡힌 세계라는 이념이 이보다 더 손에 잡힐 듯 구체적으로 다가오는 곳도 없다는 생각이 든다. 헤벨이 맹목적으로 앞으로 굴러가기만 하는 역사의 전개와 맞견주는 사건들 속에서는 오래 견딘 불행은 보상을 받고, 모든 전쟁 끝에는 화친조약이 따르며, 우리에게 주어진 모든 수수께끼에는 해답이 있다. 그리고 헤벨이 우리 앞에 펼쳐 보이는 자연의 책 속에서 우리는 행렬을 지어 나는 밤나방이나 날 수 있는 물고기와 같은 지극히 진기한 생물체들도 더없이 세심하게 균형 잡힌 질서 속에 한자리를 차지하고 있음을 알아낼 수 있다. 경탄을 자아내는 헤벨의 내적인 안정성은 사물들의 본성에 대한 그의 지식에서 연유했다기보다는, 모든 이해를 초월하는 것에 대한 그의 직관력에서 우러나온 것이었다. 우주에 대한 그의 지속적인 고찰들은 분명 독자에게 조금이라도 저 우주 바깥으로 산보를 시켜주려는 생각에서 비롯된 것이었다. 그러면 독자는 우주를 친숙하게 여기게 될 터이고, 저기 낯선 도시를 밝히고 있는 조명들처럼 밤새 빛나고 있는 가장 머나면 별들에서도 사람들은 우리처럼 자기 방에 앉아 "신문이나 저녁기도문을 읽거나, 실을 잣고 뜨개질을 하며, 트럼프 게임을 할 것이고 사내아이는 비례법을 계산하는 연습문제를 풀 것"이라는 상상을 해볼 수 있을 테니 말이다. 물론 헤벨은 우리를 위해서 행성들의 운행궤도를 묘사해 보이며, 우리가 더 잘 이해할 수 있도록 브라이자흐에서 쏘아올린 대포알이 화성까지 닿는 데 얼마나 걸리는지도 설명해주고, 달이 우리 모두에게 가장 위에 있는 친근한 수호자이자 진정한 가정의 벗이며, 우리 지구 최초의 달력 편찬자라고 이야기해준다. 그런데 헤벨의 진짜 기교는 가장 머나먼 곳까지도 우리의 지구공동체 속으로 편입시키는 이러한 관점을 거꾸로 뒤집는 것에 있다. 즉, 그는 외계 생명체의 관점에서 찬란한 하늘을 내다보는데, 그 하늘에서 우리 태양은 그저 하나의 미미한 별로 보일 뿐이고, 지구는 아예 보이지도 않아서 "오스트리아는 전쟁 중이고, 터키인들이 실리스트라 전투에서 승리했다"는 사실은 알 수조차 없다. 그러니까 헤벨의 이야기들에서 인간 운명의 부침을 다스리는 주권이 발원하는 원천은 결국 우주적 차원이자 그 우주적 차원에서 얻어낸 자기 자신의 미미한 의미에 대한 통찰인 셈이다. 한 걸음 떨어져 순수하게 관조하는 순간이야말로 헤벨의 가장 심오한 영감이 샘솟는 때이다. 그는 이렇게 쓴다. "우리 모두 은하수를 알지 않습니까? 꼭 하늘거리는 넓은 허리띠처럼 천상을 감싸고 있지요. 희뿌연 빛을 뿜어내는 영원한 안개띠와 같습니다. 그런데 천체망원경을 통해서 바라보면 이 빛의 안개는 셀 수 없이 많은 작은 별들로 흩어져 있습니다. 그건 마치 창밖으로 산을 내다보면 그저 푸르름만 보일 뿐이지만, 평범한 거리에서 보면 나무들 하나하나가, 나뭇잎 하나하나가 보이는 것과 같습니다. 일일이 다 헤아릴 수도 없을 정도지요." 합리적 사고는 정지하고, 모든 것을 목록으로 작성해두려는, 헤벨이 평소라면 대변했을 시민 계층적 본능도 더이상 발동하지 않는다. 가정의 벗은 그렇게 종종 순수한 경탄에 자신을 내맡김으로써 이 같은 미묘한 아이러니를 통해 평소에는 기회가 있을 때마다 자랑했던 자신의 만물박사적인 면모를 스스로 덜어낸다. 그는 직업적으로 교육자적인 성향이 몸에 배어 있음에도 결코 자신을 교사로 내세우지 않으며 오히려 항상 한 발 비켜서 있다. 그건 마치 그의 이야기에 떠도는, 주지하다시피 외부자의 위치에 서서 조용한 경탄과 체념 속에서 인생을 지켜보는 데 익숙해진 여러 유령들을 닮았다. 헤벨이 그의 이야기 속 인물들의 충실한 동료로서 그들과 동행하는 방식에 주의를 기울인 독자라면 1811년에 출현한 혜성에 붙인 그의 주석에서 작가의 자화상을 읽어낼 수 있을 것이다. "매일 밤 혜성이 거룩한 저녁 축사를 닮지 않았던가요, 혹은 교회를 한 바퀴 돌며 성수를 뿌리는 성직자를 닮지 않았던가요, 혹은 이를테면 이 지구를 동경하여 이렇게 말하고 싶어하는 지구의 선하고 고귀한 친구를 닮지 않았던가요. 저 또한 그대처럼 한때는 하나의 지구였답니다. 눈폭풍이 몰아치고 뇌우가 쏟아졌으며, 구빈원과 무료 급식소와 교회 묘지가 넘쳐났던 곳이었지요. 하지만 제 최후의 심판일은 지나갔고 천상의 맑은 빛이 저를 비춰주고 있습니다. 그대에게로 기꺼이 내려가고 싶지만, 그래서는 안 됩니다. 그대들의 전쟁터에서 흐르는 피로 또다시 더럽혀지면 안 되거든요. 혜성은 이렇게 말하지는 않았지만 꼭 그렇게 말하는 듯 보였죠. 혜성이 가까워질수록 점점 아름답고 찬란하게 빛나고 다정하고 쾌활해졌지만, 다시 멀어질 때는 꼭 가슴이 미어지기라도 한다는 듯이 창백해지고 음울해졌거든요." 혜성과 이야기꾼 모두는 폭력으로 일그러진 우리의 삶 위에 혜망*을 그리고, 그 아래에서 일어나는 모든 것을 내려다보지만, 상상할 수 있는 가장 먼 거리를 유지한다. 말하자면 그런 연민과 무심함이 결합된 기이한 성좌야말로, 어떤 때는 한 세기를 통째로 한 페이지에 집어넣으면서 기민한 눈초리로 사소하기 그지없는 정황들을 살피고, 가난 일반에 대해 말하는 대신 아이들의 손톱이 굶주림에 시퍼레진다고 말하며, 슈바벤 지역의 부부가 겪는 가정 불화와 베레지나강†의 범람으로 전 부대가 침몰하게 된 일 사이에 파헤칠 수는 없지만 모종의 연관성이 있다고 예감하는 연대기 작가의 영업 비밀인 셈이다. 그런 특수한 영적 감수성과 기질이 헤벨의 서사적 세계상을 가능하게 하는 조건이라면, 그 세계상을 독자에게 전달하는 기술 또한 아주 독특하다 하겠다. 프랑스군이 독일에서 퇴각한 뒤 저기 라인강 너머 아래쪽에 진주해 있을 때…… 프랑스군이 우편마차

---

* 혜성의 뒤에 꼬리같이 길게 끌리는 빛.
† 나폴레옹이 이끄는 프랑스군이 모스크바에서 퇴각할 때 건넜던 강으로, 당시엔 러시아와 폴란드의 국경선에 위치했으나 현재는 벨라루스에 속해 있다.

를 타고 바젤의 성 요한의 문을 나와 포도밭을 지나 준트가 우에 들어섰을 때…… 태양이 이미 알자스의 산맥 너머로 기울어 있을 때…… 이런 식으로 이야기는 계속된다. 하나가 다른 하나로 이어지면서 극히 완만하게 서사의 기울기가 생겨난다. 언어는 자잘한 우회로와 나선원을 그리며 자신이 이야기하는 것들을 닮아가고 그렇게 최대한 현세의 재보로부터 자신을 지켜냄으로써 멈춰 서 있다. 그 밖에도 헤벨의 서사적 문체를 이루는 요소들로는 그가 방언에서, 즉 방언의 어휘와 구문에서 빌려온 것들도 있다. "붙박이별들을 다 꼽아보려면 이 지구상에 손가락이 모자랍니다"라고, 바덴과 알자스 방언 구문으로 쓰인 「우주에 대한 고찰Betrachtung des Weltgebäudes」의 어느 한 절은 시작된다. 이 작품은 파리에서 열린 대 산헤드린*을 이야기한다. "위대한 황제 나폴레옹은 그 점을 꿰뚫어보았던 듯합니다. 그래서 황제는 1806년에 예나, 베를린, 바르샤바, 아일라우로 원대한 출정을 떠나기 전 프랑스에 있는 전 유대회에 서한을 보내어 제국령의 모든 주에서 그들의 중추가 되는 현명한 학자들을 자신에게 보내라고 명을 내렸습니다." 이 문장에서 단어들은 알레만어적 용법으로 배치되어 있지 않고, 오히려 독일어의 격지배†를 따르지 않으려 하는 이디시어와 유사하게 배치되어

* 71인으로 구성된 유대교 최고 의결 기관. 종교 문제 및 민사와 형사의 처리를 담당한다.
† 격지배를 따르지 않는다기보다는 동사를 문장의 맨 뒤에 배치하는 어법을 따

있다. 이 점만 보아도 헤벨이 고향 땅에 단단히 뿌리를 내리고 있다는 하이데거의 순진한 주장을 웃어넘기기에 충분하다. 헤벨이 달력을 위해 창조한 고도로 발전된 기교적 언어가 방언 혹은 고어적 표현 및 구문들을 사용하는 경우는 항상 낭독의 리듬이 요구될 때뿐인데, 이는 그 당시에 종족적 소속감을 증명하는 요소라기보다는 낯설게 하는 요소로 작용했을 것이다. 또한 병렬 접속사 '그리고' '또는' '그런데'에 대한 헤벨의 유별난 애호도 향토성에 사로잡힌 순박함의 지표가 아니라, 이런 접속사를 삽입함으로써 오히려 가장 지적인 효과를 얻어내려는 의도의 결과이다. 헤벨의 병렬 접속사들은 어떤 것을 상위에 두거나 하위에 두는 질서에 맞서서, 우리의 이야기꾼이 창조하고 돌보는 세계에서는 모든 것이 동등한 권리를 가지고 나란히 존재한다는 점을 더없이 은근한 방식으로 시사한다. 순례자는 다시 돌아가게 되면 바젤슈탑의 여주인에게 아슈켈론*의 바닷가에서 조개껍데기나 예리코의 장미†를 가져다주겠다고 약속한다. 그리고 두틀링거 출신의 수공업 도제는 암스테르담의 무역상의 묘지에서 묘지 주인보다는 자기 자신에게 하는 넋두리로 이렇게 말한다. "불쌍한 카니트페르스탄. 그 많은 재산에서 이

르지 않고 있는 것으로 보인다.

* 이스라엘 가자 북동쪽 지중해에 면한 고대의 항구 도시.
† 부활초 혹은 여리고의 장미로도 불린다. 이스라엘과 요르단, 시나이 등 사막 지역이 원산지인 이 식물은 수십 년간 건조한 상태로 있다가 물이 닿으면 다시 피어난다.

제 당신이 가지고 가는 게 무엇이오. 그건 내 무일푼으로도 언젠가는 얻게 될 것인데 말이오. 한 벌의 수의와 아마포가 전부군요. 그리고 당신이 소유했던 그 많은 아름다운 꽃들 중에서 당신의 차디찬 가슴 위에 올려놓고 있는 것은 로즈메리 한 송이뿐이구려, 아니면 운향 한 송이려나요." 헤벨의 산문에서 문장 끝에 카덴차와 음조의 변화를 주어 더없이 웅숭깊은 감정의 순간들을 드러내는 이런 기법을 통해 언어는 내면을 향해 전환되고, 우리는 우리의 팔에 닿는 이야기꾼의 손길을 느끼게 된다. 그런 달라진 음조에서 감지되는 형제애는, 사회적 평등을 실현하겠다는 생각은 일단 멀리 둔 채 영원성의 지평 앞에서야 비로소 목적한 바를 이루게 된다. 벤야민이 말했듯이 그런 영원성의 다른 한쪽 면이 연대기 작가들이 자신의 인물들을 기꺼이 그려넣었던 [비잔틴 회화에 자주 쓰이는] 황금빛 배경이다. 헤벨은 그의 반음조 내린, 헛헛한 맛을 내며 끝나는 덧붙인 문장들 속에서 생의 연관으로부터 스스로 빠져나와 저기 드높은 망루에 오른다. 그곳은 장 파울Jean Paul이 남긴 유고 속 한 메모에 따르면 인간들의 머나먼 축복의 땅을 멀리 내다볼 수 있는 곳으로, 또다른 격언에 따르면 아무도 가본 적이 없다는 그 고향이다.

헤벨의 우주지리적인 고찰은 바로 이 저승을 가리고 있는 장막을 말간 정신으로 들춰보려는 하나의 시도이다. 세속적 경건함Weltfrömmigkeit과 자연학은 믿음과 형이상학을 대신하고 있다. 완벽하게 돌아가는 천구의 메커니즘은 달력 이야기꾼에게 언젠가 우리가 입성할 수 있을 광휘의 왕국이 존재한다는 증거로 여겨진다. 헤벨은 이것에 대한 의심을 스스로에게 허락하지 않는다. 그런 의심은 이미 직업상 그에게 가능하지 않았다. 하지만 의식이라는 통제기관을 벗어나 있는 그의 꿈, 그가 꽤 오랜 기간 기록했던 그의 꿈을 보면 그 또한 무서움과 당혹감을 느끼고 있음을 보여주는 적지 않은 징후들이 발견된다. 1805년 11월 5일에 헤벨은 이렇게 적는다. "예전에 내가 쓰던 어머니 집 침실에 누워 있었다. 침실의 중앙에는 떡갈나무 한 그루가 서 있었다. 방은 천장이 없었고, 떡갈나무는 지붕의 서까래까지 닿아 있었다. 나무의 몇몇 지점에서 불꽃이 타오르고 있어서 보기에 아주 좋았다. 결국 불은 맨 윗가지까지 타고 올라가 지붕의 들보에까지 번지기 시작했다. 불을 끈 다음에 불꽃이 처음 올라왔던 자리를 자세히 들여다보니, 진득진득해진 푸르스름한 나뭇진과 또 이것을 게걸스럽게 빨아 먹는 수많은 지저분한 녹색의 흉측한 풍뎅이 떼가 보였다." 불을 환하게 켜놓은 크리스마스 나무가 서 있던 어릴 적 방이 벌레가 우글대는 공포스러운 장소로 뒤바뀌는 장면처럼, 저주받은 자들에 대한 꿈 이미지 또한 으스스하기 짝이 없다. 저주받은 자들은 지옥에서 뜨겁게 달궈진 물고기나 다른 바다생물이 되어 어느 방의 너도밤나무 잎사귀들 속에 널브러져 있다. 헤벨에게 동물과 관련된 것은 어느 것

하나 편치 않았던 듯하다. 그의 가랑이 밑을 뛰어다니던 회청빛 등을 지닌 작은 생쥐도, 그의 방에 들어와 두드러기투성이인 흉측한 앞발을 그의 어깨에 올려놓는 아프리카 사자도 그랬으며, 다른 가금류와 마당에서 함께 키워진 두 천사—그중 한 명은 임신한 작은 여자였다—는 두말할 필요도 없었다. 또한 그는 꿈에서 다양한 방식으로 자기 자신의 정당성을 염려했다. 그래서 그는 어느 날 밤에 예수 그리스도와 성인들과 함께 식사를 하는 자리에서 믿음의 불성실함을 간파당할까봐 두려움에 떨기도 하고, 파리에서 첩자임이 발각되어 자기 출신을 부인하는 상황에 처하기도 한다. 초현실적인 꿈의 세계는 헤벨이 낮 동안에 펜을 들고 꿈꾸었던, 별들이 모래알처럼 반짝이는 극락은 아니었다. 앞뒤가 전혀 맞지 않는 것들이 조우하는 이 우발적이고 자의적인 세계를, 우리는 전쟁과 혁명이 끝없이 계속됨에 따라 신성사神性史적 세계상은 마지막 잔재마저 와해되고 말았으나 세속사世俗史는 폭력적으로 뻗어나가기 시작한 시대에 대한 하나의 반응으로도 이해해볼 수 있다. 달력 이야기꾼은 하늘에 나타난 혜성이 임박한 재앙을 의미한다는 미신을, 1789년과 1810년 사이에 발생한 재난의 횟수가 꼬리별이 나타난 횟수를 훨씬 상회한다는 사실을 지적하면서 특이하게도 간단히 일축해버린다. 그는 이렇게 쓰고 있다. "친애하는 독자 여러분, 지난 20년을 떠올려보기만 하면 됩니다. 시시때때로 발발했던 혁명과 이곳저곳에 세워졌던 자유의 나무들*을, 레오폴트 황제†의 갑작스러운 서거를, 루이 16세의 최후를, 터키 황제의 시해를, 독일과 네덜란드, 스위스, 이탈리아, 폴란드, 스페인에서 벌어졌던 잔혹한 전쟁들을, 아우스터리츠 전투와 아일라우 전투, 에슬링 전투와 바그람 전투를, 황열병, 발진티푸스와 가축 전염병을, 코펜하겐과 스톡홀름과 콘스탄티노플에서 일어났던 대화재를, 설탕 기근과 커피 기근을 떠올려보세요." 그러면 우리는 저녁이 오기 전에는 하루가 어떻게 끝날지 이른 아침에는 절대로 알 수 없다는 것을 바로 깨닫게 된다. 이를 대표적으로 보여주는 사례가 「레이던시의 불행Das Unglück der Stadt Leiden」으로, 이 이야기에서 도시의 하루는 70개의 거대한 화약통을 실은 배가 항구에 정박해 있다는 사실은 아랑곳없이 평소처럼 지나간다. "사람들은 점심을 들었고, 다른 모든 날들처럼 맛있게 먹었습니다. 배가 그 자리에 계속 있었는데도 말입니다. 하지만 오후에 거대한 시계탑의 시곗바늘이 네시 반을 가리켰을 때—부지런한 사람들은 집에 앉아서 일을 했으며, 신실한 어머니들은 어린애들을 재우려 요람을 흔들고, 상인들은 장사에 열중하고, 아이들은 야간학교에 모여 앉아 있었으며, 게으른 사람들은 지루함을 이기지 못해 술집의 노름판에 앉아 포도주를 홀짝이고, 걱정 많은 사람은

---

\* 프랑스혁명 때 자유의 상징으로 심기거나 세워졌던 나무. 깃발이나 끈으로 장식하기도 했다.

† 신성로마제국 황제 레오폴트 2세(1747~1792)를 가리킨다.

내일 무엇을 먹고 무엇을 마시며 무슨 옷을 입어야 할지 걱정했으며, 도둑은 맞지도 않는 열쇠로 남의 집 문을 막 따려고 했던 바로 그때―갑자기 쾅 하고 폭음이 터졌습니다. 70개의 화약통을 실은 배에 불이 붙어 공중으로 폭발한 것입니다. 집들로 가득한 긴 대로들과 그 안에서 숨쉬고 살아가는 모든 것이 순식간에 산산조각이 나 거대한 돌무더기로 내려앉았고 참혹하게 손상되었습니다. 수백 명의 사람들이 산 채로, 또 죽은 채로 폐허 더미에 파묻히거나 크게 부상을 당했습니다. 학교 건물 세 채가 그 안에 있던 아이들과 함께 통째로 무너져내렸습니다. 사고가 일어난 곳 근처 길가에 있던 사람들과 동물들 모두가 무지막지한 화약의 힘에 휩쓸려 공중에 내던져졌다가 참담한 상태로 다시 땅에 떨어졌습니다. 설상가상으로 또다시 큰불이 나 사방에서 불꽃이 날뛰어 도저히 진화가 불가능한 지경에 이르렀습니다. 석유와 어유魚油를 가득 보관하던 많은 창고들로 불길이 번진 것입니다. 800채의 아름다운 가옥들이 쓰러졌고 또 헐려야 했습니다." 헤벨은 레이던시의 파괴를 묘사하면서 시대의 전체적인 경험을 결산한다. 1760년에 태어난 헤벨은 이웃 국가의 앙시앵레짐*의 분쇄와 혁명의 발발을, 또 공포정치 시대와 그뒤에 이어진 범유럽적인 전쟁들을 역사의 어떤 파국적인 가속화 현상과 몰락으로 체험했다. 저 네덜란드 도시

* 1789년의 프랑스혁명 때 타도의 대상이 된 정치·경제·사회의 구체제.

에 닥쳐온 불행에 대한 이야기뿐만 아니라 어느 작품에서도 헤벨은 1789년과 1814년 사이에 특정 지역에서 만연했던 그 정치적 폭력을 인정한다고 밝힌 적이 없다. 헤벨이 프랑스대혁명을 인류사에 신적 이성이 개입한 것으로 이해했다는 발터 벤야민의 희망사항에 가까운 주장은, 한네로르 슐라퍼Hannelore Schlaffer가 직접 펴낸 아름다운 『라인 지방 가정의 벗의 보물상자』 판본에 붙인 후기에서 보여주었듯이 "라인강 상류의 폭동적인 1890년대를 19세기 초 개혁의 시대와 혼동한" 역사적으로 부정확한 관점에서 기인한 것이다. 이런 문제의 가장 정확한 증인이라 할 로베르트 민더 역시 헤벨이 설사 프랑스혁명을 지지했다고 하더라도 그것이 가장 온건한 자유주의적 형태를 띨 때뿐이었다고 확언해준다. 그리고 라인 지방 가정의 벗 스스로도 1815년 이 변혁이 종국적으로 진압되는 것처럼 보였을 때, 자신의 독자들에게 자신은 단 한 번도 코케이드*를 단 적이 없다고 분명하게 말한다. 물론 헤벨이 온갖 아이러니로 이 사실을 숨겨오긴 했지만, 이처럼 뒤늦게 기본 원칙을 고백하는 그의 말이 어떤 기회주의에서 나온 것은 분명 아니었다. 왜냐하면 그의 희망과 철학은 어느 시점에서도 현 상태의 폭력적이고 잔혹한 전복을 지향한 적이 없기 때문이다. 그에게는 민중이 살아가는 조건의 실질적인 개선만이 의미가 있었다. 이를테

* 계급·소속 정당 등을 나타내기 위해 모자에 다는 표지.

면 바덴의 대공작 카를 프리드리히가 1783년 7월 23일에 칙령을 반포하여 농노제를 철폐한 이래 후속 조치로서 단행된 교육 및 보건, 농업 및 행정제도의 개혁과 바덴 공국이 독자적인 나폴레옹 법전을 채택하여 촉진시킨 변화들이 그런 것이었다. 카를 프리드리히는 프랑스 중농주의를 추종했는데, 중농주의자들 가운데 가장 저명하고 대표적인 인물인 프랑수아 케네Francois Quesnay와 장 클로드 마리 뱅상Jean Claude Marie Vincent은 18세기부터 공동체적 삶에 지대한 영향을 미치기 시작한 변화들에 직면하여 자연법적 토대 위에서 사회의 지속적인 조화를 추구했다. 이들에 따르면 중농주의자들의 국민경제적 철학의 핵심은 농업에 있었고, 그들은 농업을 공동의 안녕에 결정적이면서도 유일무이하게 진정한 재화 생산 형식으로 보았다. 그리고 제조업에서의 원재료 가공업이나 상공업은 그 아래의 이차적 지위의 사업으로 간주했다. 이미 군주제는 상속받은 자산을 다소 무분별하게 남용해왔던 관행을 보다 계몽적인 실천으로 대체하지 않는다면 끝장이 날 것이라는 경고를 받아놓은 터였기에 군주제에 시민적 이성을 이식함으로써 그것이 종식을 맞이하지 않도록 지켜내려는 노력으로 점철된 중농주의자들의 구상은 진보적인 동시에 보수적이었다. 중농주의자들의 눈앞에 어른거렸던 이상향은 만개한 거대 정원을 닮은 나라였다. 한네로르 슐라퍼가 인용하는 18세기 중반에 살았던 취리히시의 어느 보건의는 이런 견해를 피력한다. "모든 사람이 땅을 개간하고 자기 손으로 노동하여 먹고산다면" 그 어떤 사기도 폭력도 모르고 살 것이며 사방에 평화와 만족감이 가득할 것이다. 교육받은 중간계층은 이런 복고적인 유토피아적 견해 속에 자기 계층이 주역이 되어 해마다 무섭게 확장시켜나가고 있는 상품경제 및 금권경제에 대한 불만족을 표명했다. 중농학파의 추종자들은 그들이 생각하는 '자연스러운' 사회체계가 그들이 전제적 왕정이라 부르는, 개혁의 충동들을 곧바로 실행에 옮길 수 있는 국가 형태 하에서 가장 빨리 실현될 수 있다고 생각했다. 그 내용에 얼마나 동의했는가를 차치하고서라도 카를 프리드리히 같은 군주가 중농주의자들의 가르침을 따르는 것을 유의미하게 여겼다면, 그것은 바로 이런 정치적 노선 때문이었다. 헤벨은 어떠했는가를 살펴보면, 그가 인류 사회의 보다 나은 미래의 가능성을 발견한 곳은 카를 프리드리히의 선량한 정권이었지, 개혁 과정을 어떤 재앙으로 전도시켜버리는 혁명은 분명 아니었다. 그래서 라인 지방의 가정의 벗도 현명하고 자비로운 군주처럼 이야기꾼이라는 자신의 직무를 다한다. 그가 풀어놓는 이야기들과 경험의 보고들, 그가 설파하는 교훈, 그 밖에 모든 것을 포괄하는 자연 질서에 대한 그의 설명들은 낮은 신분에게 읽히는 솔로몬적 지침서인 동시에 한 나라의 통치자가 신의 은총으로 자신에게 맡겨진 임무를 올바르게 수행하기 위해 따라야 할 본보기들을 발견할 수 있는 귀감서가 되었다. 이런 점에서 헤벨의 정치적 입장은 괴테가 자신의 작품 「노벨레Novelle」에서 취한 입장과 전적으로 유사하다. 괴테의 글은 혁명을 상징하는 화재의 위험이 시민적 의무의식과 노동윤리로 점철된 봉건지배체제를 통해 예방될 수 있음을 말한다. 하지만 괴테가 자신의 젊은 군주를, "주는 것보다 더 많이 받아야 한다"라는 원칙에 입각한 새로운 기업가 정신의 대표자로 만들어내려고 할 때, 요제프 황제나 프리드리히 대제, 현명한 술탄이나 러시아의 차르를 이야기할 때의 헤벨은 전통적인 가부장적 후견주의 Paternalismus의 도식에 보다 더 의존한다. 이런 후견주의에 따르면 국부가 신민들의 운명에 개입하는 것은 언제나 축복을 가져온다. 헤벨의 글 어디에서도 불손함의 기미란 조금도 찾아볼 수 없다. 자비와 정의는 가부장적 후견주의로 질서 잡힌 사회를 인도하는 두 개의 북극성이다. 통치자 군주가 자신의 정체를 숨기고 백성들 사이를 걸어다니는 장르적 장면의 숱한 버전들만큼 이와 같은 목표가 어떻게 이해되고 있는지를 잘 보여주는 것도 없다. 달력 작가 또한 이런 장면들을 우리에게 여러 번 선보인 바 있고, 특히나 1809년이라고 적혀 있는 이야기에서 그 장면을 더할 나위 없이 인상적으로 보여준다. 이것은 나폴레옹이 브리엔의 과일 파는 아낙에게 오랫동안 갚지 못한 빚을 마음속에 계속 간직하고 있었다는 이야기이다. 가정의 벗은 독자가 이 사안을 올바르게 평가할 수 있도록 나폴레옹이 브리엔의 군사학교에서 생도 생활을 마친 이후에 착착 밟아나갔던 갖가지 단계들을 상기시킨다. "나폴레옹은 단기간에 장군이 되었고 이탈리아를 정복합니다. 나폴레옹은 한때 이스라엘의 자손들이 벽돌 굽는 일을 했던 이집트에도 가고, 1800년 전에 고매하신 성처녀가 살았던 나사렛에서도 교전을 치릅니다. 나폴레옹은 적군의 배로 가득한 바다를 건너 프랑스와 파리로 되돌아오고, 제1집정관이 됩니다. 나폴레옹은 비탄에 빠진 조국의 평화와 질서를 재건하고 프랑스 황제가 됩니다." 이렇게 일약 급부상한 나폴레옹의 인생사를 단 몇 줄로 요약해놓은 대목을 읽은 우리는 이제 자신의 정체를 숨긴 황제가 세계의 균형을 맞추는 저 전설적인 의인들 중의 한 사람처럼 좁은 문을 지나 그 과일 파는 아낙이 검소한 저녁 식사를 차리는 방으로 들어가는 장면을 목도하게 된다. 황제는 자신의 채권자에게 원금과 이자라며 1200프랑을 식탁 위에서 세어 보인다. 이로써 이제 그녀와 그녀의 자식들, 아니 이제 거의 황제의 자식들이라고 불러도 좋을 그 아이들의 생계는 걱정이 없게 되었다.

저녁 어스름이 깔릴 무렵 과일 파는 아낙의 집에 들어가는 황제의 모습 자체가 이미 수태고지 장면의 잔영을 불러낸다면, 황제의 놀라운 승승장구를 묘사하는 부분은 그야말로 성서를 옮겨온 듯하다. 이스라엘 자손들의 망명 이야기가 나오고, 성스러운 땅과 고매하신 성 처녀도 이야기된다. 가장 중요한 것은 적들의 배로 가득한 바다를 건너 평화와 새로운 질서를 세우는 젊은 영웅의 귀환이 이야기된다는 점일 것이다. 여기서 드러나는 메시아적 사명은 오인하기 어려울 정도로 명백하며, 주지하다시피 나폴레옹이 눈 하나 깜짝 않던 유서 깊은 지배 가문들의 정당성 주장보다도 확연히 더 상위에 있는 정당성을 갖는다. 헤벨의 정치적 기대 또한 적어도 한동안은 프랑스의 황제에게 쏠려 있었다. 이런 입장에서 그는 당대 진보적 보수주의자들에 속해 있었다. 나폴레옹에게 패한 전투들은 처음에는 독일에서조차 혁명의 참혹한 피바다와는 얼마간 다른 모습으로 보였다. 그 전투들은 내전의 상흔이 박혀 있거나 비합리적 폭력으로 점철되어 있지 않고, 오히려 보다 상위에 있는 이성의 빛으로 환하게 비추어지는 것처럼, 혹은 평등과 관용의 확산에 기여하고 있는 것처럼 보였다. 물론 달력 이야기꾼은 파리에서 산헤드린이 소집되었을 때 프랑스 유대회의 일부는 황제가 그들을 "다시 레바논 산 밑의, 이집트 강과 바다에 면한 그들의 옛 고향으로 돌려보내려" 한다고 믿었다고 다소 아이러니하게 이야기한다. 나폴레옹 전쟁이 길어질수록 헤벨 자신의 낙관주의도 옅어져간다. 1811년판 달력에 실리지 못한 어느 소품에서, 알다시피 숫자에 밝은 가정의 벗은 나폴레옹이 해마다 몇십만 명의 장정들과 몇천 필의 말들을 징집해갔는지, 또 그의 병력에 보급을 대고 군비를 갖춰주기 위해 몇 억만금이 들어갔는지를 계산한다. 역시 달력에 실리지 못한 또다른 소품에서 그는 전쟁의 터무니없는 성격을 보여주고자 한 차례의 해전에서 대부분 일찌감치 침몰될 운명인 수많은 배들 중 한 척을 만들기 위해 필요한 것이 얼마나 되는지를 늘어놓는다. "천 그루의 튼튼한 떡갈나무, 그러니까 숲 하나가 통째로 필요하다고 할 수 있습니다. 그리고 20만 파운드의 강철도 있어야 합니다. 돛을 만들려면 장장 6500엘레*의 천도 필요합니다. 밧줄과 끈도 16만 4000파운드의 무게만큼 필요하지요. 또 그 밧줄과 끈은 타르 칠이 되어 있어야 하는데, 그것들의 무게는 20만 파운드가 나갑니다. 선원과 식량, 화약과 납 없이도 배 한 척의 무게가 이미 500만 파운드 혹은 5만 첸트너에 이르는 것이지요." 검소한 살림살이에 익숙한 달력 작가는 그런 낭비를 눈앞에 떠올려볼 때 머리카락이 곤두설 정도로 화가 치밀 수밖에 없다. 정세가 결국 뒤집히고 말았던 1814년에 그는 「세계의 사건들Weltbegebenheiten」이라는 제목 아래 무의미한 파괴 앞에서 느끼는 경악을, 당시 세계에서 가장 큰 도시였던 모스크바에서 일어난 화재를 보고하면서 정리한다. "네 곳의 도심지와 서른 곳의 외곽 도시들이 그 안의 가옥 일체와 궁전, 교회, 예배당, 여관, 상점, 공장, 학교, 사무실 들과 함께 모조리 화염 속에서 사라지고 말았습니다. 그전에 도시에 살던 주민 수는 40만 명에 달했고, 도시 전체는 마차로 꼬박 열두 시간을 가로질러야 하는 크기였는데도요." 가정의 벗은 계속해서 다음과 같이 써나간다. "아무 언덕에나 올라가

* 양재, 복식 등의 분야에서 주로 사용되던 길이의 단위로, 현재는 사용되지 않는다.

시야가 닿는 곳이면 어느 곳이든 둘러봐도 하늘과 모스크바 외에는 아무것도 보이지 않을 정도였습니다. 이제는 하늘과 화염만 보였습니다. 프랑스군이 모스크바를 쳐들어오자마자 러시아인들 스스로가 도시의 모든 구석에 불을 질렀으니까요. 기류가 정체하면서 불길은 도시 전 구역에 삽시간에 번지고 말았습니다. 사흘 만에 도시 대부분이 잿더미로 내려앉았고, 그날 이후 도시를 지나간 사람들은 하늘과 폐허만 볼 수 있을 뿐이었지요." 헤벨은 역사를 바꾼 세계의 사건들을 연재하면서 그중 1813년 5월 6일 베를린에서 하달된 명령 또한 달력 독자들의 기억 속으로 불러낸다. 그것은 라이프치히 전투가 불리하게 끝날 경우 60세까지의 남성은 전원 무장할 것, 여성들과 아이들, 공무원과 구급의, 역참장 등은 적으로부터 일제히 도망칠 것, 그리고 가축과 비축식량은 전부 다 없애라는 명이었다. "적들이 주둔지나 조달처를 아예 찾지 못하도록 들판의 모든 곡식과 모든 배와 다리, 모든 마을과 방앗간은 태워 없애고 모든 우물은 막아야 했습니다." 이어서 가정의 벗은 이렇게 쓴다. "지금껏 자기 나라를 그토록 무시무시하게 파괴하라는 명령이 떨어진 적은 없었습니다." 달력 이야기꾼이 역사의 벌어진 심연을 들여다봤을 때 그를 덮쳤을 공포에 대해서 오늘날의 우리는 1920년대 말 독일 국방군이 육군 대령 슈튈프나겔의 지휘하에 수립한 프랑스군에 대한 보복전 계획을 떠올려본다면 어느 정도 이해할 수 있을 것이다. 함부르크 출신의 역사가

카를 디르크스Carl Dirks가 미국 중앙문서고에서 파헤친 문
서에 대해 카를-하인츠 얀센Karl-Heinz Janßen이 보도한 내용
에 따르면,* 그것은 전쟁을 통한 혁명이라는 1813년 식의 낭
만주의와 냉철한 현실주의가 결합된 계획이었고, 철천지원
수를 도발하여 독일 쪽으로 끌어들인 다음에 독일에서 끝없
는 유격전을 펼쳐 적을 꼼짝 못하게 만든 뒤 마지막으로 땅
에 불을 지르는 전략으로 모두를 전멸시키겠다는 것이었다.
이 목적을 위해 전 독일 제국의 영토에 파괴 지도가 몇 개씩
그려졌는데, 1945년 자멸적이었던 전쟁의 막바지 몇 주 동
안 이 계획은 또다시 진지하게 고려된 바 있다고 얀센은 말
한다. 어쩌면 헤벨은 1812년에서 1813년으로 넘어가는 시
기에 나폴레옹이 몰락하고 독일 민족이 부상함으로써 쉽사
리 제동할 수 없는 어떤 몰락의 길이 열리기 시작했다는 것
을 예감했는지도 모른다. 그때부터 조짐이 보였듯이 역사는
근본적으로 인류의 순교 열전이 아닌가 하는 예감도 포함
해서 말이다. 아무튼 나는 헤벨이 1814년 1월에 60쪽가량
의 애국적인 충언을 발표했을 때 이 달력 이야기꾼의 심사
가 정말로 편치 않았으리라는 점을 짐작해볼 수 있다. 그래
도 헤벨은 언제나 유보적인 태도로 사안을 고찰했었는데 이
글에서는 당시 어디서나 유행하던 전투적이고 웅변적인 어
조로 다음과 같이 말한다. "보아라, 궐기하라, 아니 이미 궐기

---

* [원주] 『디 차이트DIE ZEIT』 1997년 3월 7일자 참조.

하였도다. 전 독일을 바다부터 산까지 무장시켜라. 독일인의 피가 흐르는 모든 고귀한 종족들, 프로이센인, 작센인, 헤센인, 프랑켄인, 바이에른인, 슈바벤인, 장대한 라인강가나 저 멀리 도나우강에서 독일어를 말하고 독일인으로 존재하는 모든 이들은 다 같이 하나의 남자요, 하나의 용기요, 하나의 연맹이요, 하나의 맹세일지니, 독일은 이민족의 멍에와 비방으로부터 벗어나야 하느니라." 향토 수호와 민족의 재탄생에 대한 이 대목에서 헤벨은 독일에서 들어올려질 500만 정의 소총과 도끼와 창과 낫에 대해서, 운명의 주사위에 대해서, 피의 희생과 성지에 대해서 말하고, 이 서한의 수신자인 자신의 사촌에게 형제이자 동포이자 독일의 동료 전사로서 조국 수호자의 대열에 합류하여 하느님의 축복을 받으라고 촉구한다. 여기서 헤벨이 끄집어낸 목록들은 민족쇼비니즘 수사법의 그것이다. 그리고 그 수사의 반향음들은 점차 시끄럽게 울려퍼지면서 앞으로 100년간 독일 사회를 저 멀리 광기로 몰아갈 것이고, 무조건적인 의지로 권력에 집착하는 또다른 독재자의 통솔하에서 유럽의 신질서를 세우겠다는 나폴레옹의 실험을 되풀이할 것이다. 1996년에 프랑스 학술원 소속의 소설가 장 뒤투르Jean Dutourd는 1789년에서 1815년까지의 시대에 대하여 정치적인 의도에서 일부러 부정확하고 고루한 왕정주의자의 입장을 대변하는 글을 하나 제출한다.『육군 원수 보나파르트Le Feld-maréchal von Bonaparte』라는 제목의 그 글은, 1789년 이전 왕정 치하의 유럽에서 각국을 다스리는 가문들은 군사적 대립을 적정 수준 이하로 제약하기 위해 으레 하나같이 가족과 혈족의 동맹을 맺어 서로 연합하고 있었고, 따라서 영토상의 혹은 여타 구체적인 이득은 추구하였으나, 결코 거대한 추상적 이념을 추구하지는 않았다는 테제에서 출발한다. 역사는 혁명적인 애국주의가 발명됨으로써 비로소 점점 더 빠르게 휘몰아치는 소용돌이 속으로 빠져들게 되었다는 것이다. 따라서 저 불행한 7월 14일에 바스티유 수비대가 폭도들에게 사격을 개시했더라면, 그래서 이후의 혁명 시대에 벌어지고 말았던 바처럼 순종적이고 근면한 민중이 폭도로 돌변하는 것을 처음부터 봉쇄함으로써 하루아침에 출세한 그 코르시카인의 부상을 막을 수 있었더라면 [프랑스는] 더 현명했으리라고 뒤투르는 쓰고 있다. 그는 이 벼락출세자가 성공적인 찬탈자의 전형을 이루는 모든 특징들을 다 갖추고 있다고 말한다. 그것은 명예욕, 천재성, 의지력, 음란함, 그리고 명성에 대한 탐욕과 질서에 대한 강박, 감수성의 철저한 결여이다. 하지만 진짜로 서양의 황제가 되려면 "조각난 사회를 만나야만 했다". 1789년과 1815년 사이에 흘린 피는 프랑스인들의 본성과 그들 국가의 얼굴을 바꿔놓는 결과만이 아니라, 그 땅에서 피어오른 포연 속에서 새로운 무시무시한 독일이 출현하는 결과를 낳았다고 그는 쓰고 있다. 이전까지 순진한 게르만족에게 "독일이여, 깨어나라!Allemagne réveille-toi!"라고 외쳐야겠다는 생각을 한 철학자는 없었을 것이라면서 말이다.

"무기력증에 빠진 독일을 흔들어 깨우기 위해서는 프랑스 황제의 대포만큼 좋은 것이 없었다. 20세기에 끔찍하게 변해갈 이 독일을 그렇게 만든, 그렇게 무에서 유를 만들어낸 장본인은, 맙소사, 바로 우리 자신이다." 뒤투르가 자신의 비정통적인 논문에서 다루는 역사적 흐름의 폭력이 무엇인지를 제일 쉽게 가늠해볼 수 있는 방법은 어쩌면 이런 폭력이 달력 이야기꾼에게 1814년의 저 위험한 호소만이 아니라, 독일 문학에서 그 어떤 것도 필적할 수 없는 묵시록적인 비전 또한 고취시켰다는 사실을 떠올려보는 것일 터이다. 우리가 눈앞에 떠올려야 하는 장면은 바젤로 향하는 슈타이넨과 브롬바흐 사이에 놓인 한밤의 길이다. '아비der Ätti'와 아들은 메르츠와 라우비라는 순한 황소가 끄는 느린 마차를 타고 있다. "들리나요? 라우비가 훌쩍거리는데요"라고 아이가 말하자 부자 간의 대화는 이제 육체를 가진 생명의 덧없음과 인간이 만든 것들 일체의 허망함, 우리가 사는 집과 마을, 대도시, 푸르른 자연과 세계 전체의 덧없음으로 빠져들어간다. 언덕 위에 서 있는 유리창이 반짝거리는 자신들의 집 또한 언젠가는 컴컴한 폐허로 변해버린 뢰틀러성*과 같은 운명을 맞게 되느냐는 아이의 질문에 아비는 이렇게 답

---

* 민간에서 불리던 뢰텔른성의 다른 이름. 뢰텔른성은 독일 바덴뷔르템베르크주의 남서쪽 끝에 위치한 뢰르라흐에 소재한 성으로, 이 성은 늦어도 1259년에 세워졌으며 30년전쟁 때 심하게 손상되었고 1678년 프랑스-네덜란드 전쟁 때 크게 파괴된 뒤 거대한 폐허로 남았다. 헤벨의 고향인 비젠탈 계곡이 내려다보이는 언덕에 위치해 있다.

한다.

> 그래, 그렇구나. 그 집도 낡고 더러워질 게다.
> 비가 매일 밤 땟국물로 씻어줄 거고
> 해가 매일 더 까맣게 집을 빛바래게 할 거고
> 벽에서는 벌레가 튀어나오겠지.
> 지붕에서는 비가 떨어지고,
> 벽 틈으로는 바람이 윙윙대겠지.
> 그때쯤이면 너도 눈을 감고,
> 네 자식들이 태어나 집을 고치겠지.
> 하지만 결국에는 기초가 썩어버려
> 아무 소용도 없을 게다.
> 그렇게 2000년이 지나면
> 모든 것은 다 쓰러져 있겠지.*

이렇게 알레만어로 몰락과 죽음에 대해 한참 대화를 나눈 뒤 아비는 바젤시의 미래에 대해 말한다—아름답고 멋진 도시지. 그래도 그 도시 역시 망할 운명이다.

> 어쩔 도리가 없단다, 얘야, 때가 되면
> 바젤조차 무덤으로 변할 게야. 여기저기 땅을

* 알레만 방언으로 쓰인 헤벨의 시 「무상Die Vergänglichkeit」(1834).

나뭇가지로 파보면, 기둥이,
낡은 탑이, 박공지붕이 나올 게다.
이쪽에 딱총나무가 저쪽에 너도밤나무와 전나무가
또 이끼와 고사리가 무성하니 왜가리가 그 안에 둥지를
틀 게다.
얼마나 안타까운 일이냐!

몇몇 이야기들에서 조금은 덜 편협한 동방의 땅이 자신의 진짜 고향이지 않을까 암시했던 달력 이야기꾼이 유대인과 터키인들 사이에서 터번을 쓴 채 품이 넉넉한 가운을 입고 돌아다니는 모습은 충분히 상상해봄직하다. 그는 그렇게 아름다운 바젤에 대한 작별의 그림에 페트라나 다른 동양의 폐허 도시들을 연상시키는 이미지를 집어넣었다. 물론 이 폐허에서 자라는 딱총나무와 전나무, 고사리와 이끼에 더 잘 어울리는 곳은 슈바르츠발트나 알프스이기는 하다. 이제 바젤시를 감싸는 평화는 그 어떤 인간도 범접하지 못할 어느 자연의 평화다. 그곳에는 반월호와 초지가 넓게 펼쳐져 있고 왜가리가 원을 그리며 하늘을 난다. 아비가 불러내는 그다음 이미지는 더욱더 끔찍하다. 그것은 전쟁과 파괴, 그리고 화염 속에서 사라진 도시에 관한 것이며, 전적으로 최후의 날들에 관해 설교하는 교리의 문체로 쓰여 있다. 그런 교리는 이성의 보다 높은 원칙들과 합치될 수 없는 것이기에 시민 철학에 의해 은폐되어 있었다. 하지만 헤벨 자신 또한 속해 있던 시민 계급의 해방이야말로 전 대륙을 근본적으로 뒤흔들어놓기 충분했던 재앙의 경제적·정치적 조건들을 조성했기 때문에, 다음의 시행들을 관통하는 무시무시한 불빛은 달력 이야기꾼이자 바덴의 목사가 당연하게도 통달해 있었던 성격의 묵시록을 되비추는 반조일 뿐만 아니라, 아직 인류 최대의 행복을 꿈꿈으로써 인류 최악의 불행을 준비하기 시작한 새로운 시대의 무거운 예감에 찬 불빛이기도 했다. 사멸해가는 바젤에 퍼지던 자연의 위로는 이제 더 이상 느낄 수 없다.

파수꾼이 자정에 밖으로 나갔더니
누군지 아무도 모르는 웬 낯선 녀석이
별처럼 반짝이면서 이렇게 외치더라.
"깨어나라! 깨어나라! 날이 밝아온다!"
—그러면 하늘은 붉게 타오르고
사방에서 천둥이 칠지니
처음엔 가만가만하다가 나중엔
1796년에 프랑스인들이
총알을 퍼부어댔던 그때처럼 요란할지니.
땅이 흔들리고 교회 탑이 흔들리고,
교회 종이 댕그랑거리며 널리 자신의 뜻을 알릴지니.
모두가 기도를 드린다. 그러면 그날이 올 것이다.
하느님이시여 우리를 보호하소서. 그때는 태양이 비치

지 않을 것이며

하늘도 번개만 번쩍할 뿐, 세상은 모조리 불타고 있으리라.

더 많은 일이 일어나겠지만 지금은 시간이 없구나.

결국에는 불이 나 활활 타오르리라.

땅이 남아나지 않을 때까지, 결코 끌 수 없을 지경으로.

헤벨의 무상시는 마지막 구절에서 완연히 요한계시록으로 바뀌어버리는데, 거기서 우리는 소년이 착하게 행동하면 언젠가 들어가 살게 될 별들 위에 지어진 비밀 도시에 대해 듣는다.

하늘이 아름다운 별들로 번쩍번쩍거리는 게 보이니!

별 하나는 마을 하나와 비슷하단다.

더 멀리 위로 올라가면 아름다운 도시가 있을 거야.

여기서 볼 수는 없지만 네가 바르게 살면

너는 이 별들 중 하나로 들어가 거기서 잘 살 거다.

네 아버지를 만날 거고, 그게 하느님의 뜻이라면

네 어머니, 가엾은 쿠니군데도 만날 게다. 어쩌면 넌

은하수를 타고 달려가 숨겨진 도시 안으로 들어가겠지.

거기서 한쪽을 내려다보면 뭐가 보이니?

뢰틀러성이다! 벨헨산은 숯덩이가 되어 있을 거고,

블라우엔산도 마찬가지 꼴이다. 마치 오래된 두 탑처럼.

그 사이에 있는 모든 것이 불타 쓰러지고
사라질 게다. 초원에는 물 한 방울
흐르지 않을 거고, 모든 것이 헐벗고 시커멓고
죽은 듯이 조용할 게다. 그게 네 눈에 보인다면. 그러면
넌 그 광경을 보고
네 옆 친구에게 네가 거기 있었노라고 말하겠지.
"보아라, 저기가 지구가 있던 데야.
벨헨이라 부르던 산이 있던 데야. 멀지 않은 곳에
비즐레트도 있었지. 나는 한때 거기 살았고
황소를 나무 수레에 연결해서 바젤까지 끌고 가
밭을 갈고, 초원의 물을 빼고, 횃불도 만들었지.
이제는 내 목숨이 다할 때까지 빈둥댈 수 있어.
난 전혀 돌아가고 싶지 않아!

시커멓게 다 타버린 채 우주를 황망히 돌고 있는 지구의
폐허를 은하수에서 내려다보는 시선보다 더 생소한 시선은
없을 것이다. 하지만 우리가 그곳에서 보낸 유년 시절과 가
정의 벗의 이야기에서 울려퍼지는 유년 시절은 어제보다 더
먼 과거는 아니다.

# 이 호수가 바다였다면\*
J'aurais voulu que ce lac eût été l'Océan

## 생피에르섬을 방문하고

\* 루소의 「고백록」에 나오는 한 구절.

1965년 9월 말, 학업을 잇기 위해 스위스의 프랑스어 지역으로 간 나는 개강을 며칠 앞두고 인스에서 일명 샤터랑산을 오르기 위해 제란트*로 하이킹을 떠났다. 그날은 흐리고 습한 날이었고, 산비탈을 따라 죽 올라가는 작은 숲의 들머리에서 지금까지 올라온 길을 뒤돌아보니 북쪽으로 죽 뻗어 있는, 직선의 운하들로 절단된 평야와 그 너머 안개 자욱한 언덕이 보였던 기억이 있다. 그뒤 뤼세르츠읍의 고지에서 다시 들판으로 나서자 내 발 밑에 잠들어 있는 빌 호수가 보였고, 그렇게 한 시간도 넘게 호수 풍광에 마음을 빼앗겼다가 가을날의 찰랑이는 허연 빛 속에 푹 잠겨 있는 호수 중앙의 섬에 가능한 한 빠른 시일 내에 한번 가보겠노라고 마

*Seeland, 스위스 베른주의 한 군으로, 직역하면 '호수의 땅'이라는 뜻이다.

음먹었던 기억도 난다. 하지만 인생사가 자주 그렇듯이 이 계획은 무려 31년의 세월이 지나서야 성사되었다. 마침내 나는 1996년 초여름 호숫가 중턱에 정착해 살고 있는 어느 보기 드문 호인의 초대를 받아, 그와 함께―늘 습관처럼 선

장 모자를 쓰고 인도산 비디*를 피우며 비교적 말수가 적은 사람이었는데―마지막 빙하기 기간에 론 빙하에서 (통상적인 표현을 따르면) 고래등 모양으로 깎여져 나온 생피에르

* 담뱃잎을 말아서 만든 작은 잎담배로 필터가 없다.

섬île de Saint-Pierre으로 건너가기 위해 빌Biel시를 떠났다. 우리가 탄 배는 호수 밑바닥까지 내려가는 쥐라산맥의 끝줄기를 따라서 이동했고, 배의 이름은 '프리부르시Ville de Fribourg'였다. 우리와 함께 갑판에 나와 있던 사람들 중에는 요란하게 차려입은 남성중창단도 있었는데, 그들은 짧은 운항시간 동안 갑판 뒤쪽에서 '저기 산 위에Là haut sur la montagne' '세월이 간다Les jours s'en vont'와 같은 스위스 가곡을 몇 곡씩이나 합창했다. 그들은 마치 내가 태어나 자란 곳으로부터 그사이 얼마나 멀리 떨어져 지냈는가를 내게 상기시켜주겠다는 단 하나의 목적을 위해 독특하게 목을 누르고 후두를 쥐어짜서 한목소리로 노래를 부르는 것처럼 느껴졌다.

둘레가 대략 2마일쯤 되는 생피에르섬에서 관리사무소를 제외하고 유일하게 서 있는 건물이라고는 과거 클뤼니 수도원이었던 곳뿐이다. 이곳에는 현재 블라우제 기업이 관리하는 호텔 및 레스토랑이 들어와 있다. 우리는 선착장에서 그곳으로 걸어가 너른 나무 그늘이 드리워진 안뜰에서 커피를 시켜놓고 얼마간 앉아 있다가 이윽고 작별인사를 나눴다. 나는 문간에 서서 내 동행이 하얀 들길을 따라 내려가 사라지는 모습을 지켜보았다. 그는 대양에서 숱한 세월을 보낸 뒤 낯선 육지에 잘못 떠내려와버린 뱃사람처럼 보였다. 내가 묵은 방은 남쪽을 향해 창이 나 있었는데, 장-자크 루소*가 살

---

* Jean-Jacques Rousseau(1712-1778). 스위스 제네바 출신으로 프랑스에서 활동한 문인이자 사상가. 『신 엘로이즈』『에밀』『사회계약론』 등 당대에 커다란

왔던 방 두 개와 바로 이웃해 있었다. 루소는 1765년 9월, 그러니까 내가 샤터랑산에서 이 섬을 처음 내려다봤던 그때로부터 정확히 200년 전 이곳에 피신해 있었다. 베른의 추밀고문관이 고향 땅에서의 마지막 기착지였던 이곳에서마저 루소를 금방 다시 쫓아냈지만 말이다. 니다우의 현령이 받은 칙령에는 이렇게 쓰여 있었다. "루소 씨는 내주 토요일까지 이 땅에서 퇴거해야 하며, 경우를 막론하고 이 땅에 다시 들어올 경우 엄한 처벌이 기다리고 있을 것이다." 사후 수십 년간 루소의 명성이 전 유럽을 넘어 다른 대륙으로까지 확산됨에 따라, 『고독한 산책자의 몽상』의 「다섯번째 산책」에 쓰여 있듯이 이 철학자이자 소설가, 자서전 작가이자 시민적 감수성 분출의 창시자가 그 어떤 곳에서보다도 행복하게 지냈다는 이 장소를 직접 눈으로 살펴보기 위해 섬을 방문하는 저명인사들의 발길이 끊이지 않았다. 모험가이자 대사기꾼인 알렉산드로 카리오스트로, 프랑스 국회의원 데스조베르, 영국의 정치가 토머스 피트, 프로이센과 스웨덴, 바이에른의 여러 왕들이, 그리고 폐위된 황후 조세핀이 이 섬을 찾았다. 1810년 9월 30일 이른 아침부터 수천의 인파가 호숫가에 몰려와 당대 가장 아름다운 이 여인의 입

영향을 끼친 저작을 여럿 썼으며 1762년에 출간된 『에밀』의 종교적 내용이 문제가 되어 프랑스에서 추방되었고 스위스와 영국 등 유럽을 떠돌며 고립된 삶을 살았다. 또한 자신에게 쏟아지는 비난에 맞서고 자기 자신을 탐구하기 위해서 『고백』『대화』『고독한 산책자의 몽상』등 다양한 자전적인 글들을 썼다.

성을 몇 시간 전부터 기다리고 있었다. 호수에는 화환과 깃발로 치장한 배들이 어찌나 몰려들었던지 배들 사이로 호수의 물이 비치지도 않을 정도였다. 그로부터 20년 뒤 폴란드 봉기가 폭력적으로 진압당하고 폴란드인들이 스위스로 넘어오면서 생피에르섬은 명망 높은 망명자들, 그리고 이들에 동조하는 자유주의자들이 자유를 위해 싸우다 죽은 이들의 추모 행사를 거행하는 집회 장소가 되었다. 루소의 섬에 관한 작은 안내책자에서 베르너 헨치가 상기하는 바에 따르면, 1833년의 어떤 추모식에서는 한 무리의 열광적인 군중이 밤나무 두 그루 사이에 검은 천을 덮은 제단을 세워놓고는 그 위에 인간의 권리에 대한 책 한 권을 장례식용 베일로 감싸서 올려놓았는데, 이때 리투아니아 국장과 고대 폴란드의 상징인 흰 독수리 국장으로 꾸며진 양 옆의 나무들이 그 제단을 에두르고 있었다 한다. 이런 사람들뿐만 아니라 사적인 여행자들도 19세기 내내 루소의 섬을 자신들의 여행지로 삼았는데, 그중에는 1820년에 빌 호수를 다녀간 젊은 영국 여성 캐럴라인 스탠리와 같은 섬세한 독자도 있어서 나는 얼마 전 스위스의 한 고서점에서 그녀가 그린 생피에르섬의 풍광과 그린델발트 빙하, 그 밖에 스위스의 경이로운 자연 풍경이 담긴 수채화 화첩을 발견하기도 했다. 몇몇 방문객들은 호주머니칼로 자신들의 이름이나 이니셜, 방문 날짜 따위를 루소가 살았던 방의 문설주나 의자, 창턱에 새겨놓아서, 나무에 팬 자국을 손가락으로 따라 짚다보면 그들은 누구였고 어떻게 되었을지 문득 궁금해진다.

이제 거의 막바지에 다다른 우리의 세기가 지나가는 동안 루소에 대한 열광도 서서히 가라앉았다. 이 섬에 머문 며칠간 나는 루소의 방 창가에 꽤 여러 시간을 앉아 있었지만, 산책도 하고 간식도 먹을 겸 섬으로 넘어온 여행객들 중에서 고작 두 명만이 소파와 침대, 책상과 의자 하나씩이 덩그러니 놓여 있는 이 방에 잘못 들어섰을 뿐이었다. 그들마저도 별로 볼거리가 없다는 사실에 실망하는 기색이 역력했고 이내 다시 가버리고 말았다. 그들 중 루소의 필체를 해독해보고자 유리 진열대 위로 몸을 숙인 사람은 아무도 없었고, 60센티미터 너비의 빛바랜 마루 널빤지가 방 한가운데로 가면 심하게 닳아서 판판한 구덩이를 이루고 있다는 것, 반면 딱딱하게 옹이 진 자리는 나머지 나무보다 2~3센티미터 가까이 돌출되어 있다는 사실을 눈치챈 사람 또한 없었다. 곁방 개수대의 반질반질한 돌 표면을 손으로 쓰다듬어보고, 아직도 화덕 주위에 남아 있는 그을음 냄새를 맡아본 사람도, 창밖으로 시선을 던져 과수원 너머 남쪽 호반의 풀밭을 내려다본 사람도 없었다. 나는 하지만 루소의 방에서 과거의 시간 속으로 되돌아간 것만 같았다. 그것은 이 섬이, 100년이나 200년 전에는 전 세계 어디나 그랬지만, 멀리서 들려오는 자동차 소음으로 아직 침범당하지 않은 정적에 둘러싸여 있었기 때문에 내가 더욱더 쉽게 빠져든 환상이었다. 특히 당일치기 여행객들도 다 집으로 돌아가버리는 저녁 무렵이면 섬은 우리 문명의 영향이 미치는 곳에서는 더이상 경험할 수 없는 고요 속으로 잠겨갔다. 이따금씩 호수를 스치며 불어오는 산들바람에 커다란 포플러나무 잎사귀들이 사부작거릴 뿐, 미동하는 것은 아무것도 없었다. 짙어지는 어스름 속으로 한 발씩 내디딜 때마다 고운 자갈이 깔린 길은 점점 더 환해졌다. 나는 울타리가 쳐진 목초지와 은빛의 고요한 귀리밭, 포도밭과 막사를 지나 그새 칠흑같이 컴컴해진 너도밤나무 숲의 끝자락까지 올랐다. 산비탈에 서자 호숫가 저쪽에서 하나둘씩 불이 밝혀지는 모습이 보였다. 어둠이 호수 자체에서 부상하는 것 같았다. 그렇게 호수를 내려다보고 있노라니 문득 오래된 자연도감에 실려 있던 색색의 그림표와 비슷한 이미지 하나가 떠올랐다. 물론 그것은 그 컬러 인쇄된 그림보다 훨씬 더 아름답고 더 정확하게, 깊은 물살을 타고 컴컴한 수벽 사이에서 앞과 뒤로, 또 위와 아래로 나란히 잠들어 있는 수많은 크고 작은 민물고기들, 즉 로치와 러드, 연준모치, 아블레트, 황어, 강꼬치고기, 곤들매기, 송어, 돌메기, 농어, 돌잉어, 잉어, 사루기, 붕어를 보여주는 이미지였다.

　루소는 1765년 가을에 생피에르섬으로 도망쳐왔을 때 이미 정신적으로나 육체적으로나 완전히 소진되기 직전의 상태였다. 그는 50대에, 즉 1751년과 1761년 사이에 처음에는 파리에서 나중에는 몽모랑시에서 숨어 살면서 건강이 나날이 쇠약해지는 와중에도 수천 쪽의 글을 집필해냈다. 디종 학술원상을 쟁취한 『학문예술론』, 논문 『인간 불평등 기원론』, 오페라 〈마을의 점쟁이 Le Devin du Village〉, 프랑스 음악에 대한 편지, 볼테르에게 보낸 섭리에 대한 편지, 달랑베르에게 보낸 편지, 동화 『환상 속의 여왕 La Reine Fantasque』, 소설 『신 엘로이즈』, 『에밀』, 그리고 『사회계약론』, 이 모든 것이 이 시기에 쓰였고, 동시에 광범위한 서신 교환도 언제나 그랬듯 계속되었다. 루소가 생산해낸 것들의 규모와 복잡성을 대강이라도 살펴본 사람이라면 루소가 자기 안에서 샘솟는 생각과 감정 들을 끝없이 이어지는 철자와 기호들로 붙잡기 위해서 한시도 쉬지 않고 책상 앞에 고개를 숙이고 앉아 있어야 했으리라 짐작해볼 수 있을 뿐이다. 루소는 이런 광적인 노동으로 초긴장 상태에 빠져 있었고, 이러한 상태는 날이 갈수록 더욱 심각해졌는데, 그 이유는 무엇보다도 한때는 연인들의 자연권을 선동하는 열정적인 서간체 소설의 성공에 힘입어 최고의 문학적 지위에 올랐던 그가 『에밀』과 『사회계약론』에 파리 고등법원의 유죄 선고 및 압류 명령이 떨어짐에 따라 멸시의 대상으로 전락했고 체포의 위협 속에 프랑스에서 추방되었기 때문이었다. 루소의 사정은 그의 고향 도시 제네바에서라고 더 좋아지지 않았다. 이곳에서도 그는 타락한 반란자라고 저주받았고 그의 저작은 불 속에 던져졌다. 자신의 운명이 최악으로 치닫던 이 시기를 돌아보면서 루소는 1770년 『고백』의 마지막 권 맨 앞에 이렇게 썼다. "여기서부터 악마의 음모가 시작된다. 8년 전부터 나는 이 음모에 파묻혀 있었고 어떤 수단을 써도 도무지 그 끔찍한 암흑을 빠져나갈 수 없었다. 내가 사로잡혀 있는 불행의 심연 속에서 내게 가해지는 타격을 느꼈고 그 직접적인 도구를 알아차렸다. 하지만 그 도구를 사용하는 손도, 그 손이 사용하는 방법도 알 수 없다. 치욕과 불행이 그 이유를 드러내지 않은 채 마치 저절로 내게 달려드는 듯싶다."* 이렇게 박해를 받던 루소는 우선 프로이센의 영토로서 궁내부 원수이자 총독 조지 키스의 관할하에 있던 뇌샤텔에 임시 거처를 얻는다. 그곳에서 루소의 숭배자인 보이 드 라 투르 부인은 루소에게 외딴 트라베르 계곡에 위치한 모티에의 빈 농가 한 채를 거처로 얻어준다. 루소가 그곳에서 보낸 첫해 겨울은 그 세기를 통틀어 가장 혹독한 겨울이었다. 아직 10월밖에 안 되었는데도 눈이 내렸다. 루소는 안 그래도 고생스러운 망명 생활 중에 만성적인 하복부 통증 외에도 별의별 괴롭기 짝이 없는 질병과 상황 들을 겪으면서도 자신을 끊임없이 몰아붙이는 제네바 의회와 뇌샤텔 성직자들의 비방 공격에 맞서야 했다. 때로는 이 세계의 어둠이 가시는 것처럼 보일 때도 있었다. 루소가 가끔 방문하던 그의 보호자 키스 공의 집은 칼미크인† 스테판, 흑인 모초, 타타르인 이브라힘, 아르메니아 출신 이슬람교도인 에메툴라가 함

* 장-자크 루소, 『고백』 2, 박아르마 옮김, 책세상, 2015, 427쪽.
† 몽골인의 일족.

께 살림을 꾸려나가는 곳이었는데, 이런 관용 넘치는 환경
은 당시 이미 예의 아르메니아식 의상, 그러니까 일종의 카
프탄과 모피 모자를 착용하던 핍박받는 철학자에게는 더없
이 안성맞춤이었다. 그 외에도 루소는 모티에의 목사 조르
주 드 몽몰랭과의 만남을 성사시키기 위해 공을 들였고, 미
사와 성찬식에 나갔으며, 햇볕을 쬐며 집 앞에 앉아 있기도
하고, 비단 리본 매듭에 열중하기도 했으며, 골짜기를 내려
가거나 고원에 올라 식물을 채집하기도 했다. 루소가 이후
『고독한 산책자의 몽상』에 쓰고 있는 것처럼 "숲속 그늘 속
에서는 내가 잊히고, 자유롭고, 그 누구의 방해도 받지 않는
것처럼 느껴진다. 마치 모든 적이 다 사라진 것처럼". 물론
적들은 한시도 가만있지 않았다. 루소는 파리 대주교에게
답변서를 제출해야 했고, 1년 뒤에는 『산에서 쓴 편지*Lettres
de la montagne*』라는 논박문도 써야 했다. 그 서한에서 그는 자
신에게 취해진 제네바 의회의 조치가 공화국의 헌법에 위배
될 뿐만 아니라 공화국의 자유주의 전통에도 위배된다고 주
장한다. 이런 서한문에 대한 응답으로, [제네바] 고위층classe
vénérable의 독선적인 대표들과 아슬아슬한 연합을 맺고 뒤
에서 사주하며 선동을 지휘했던 볼테르는 루소를 교수대
로 보내는 데 성공하지 못하자 『시민들의 견해*Le sentiment des
citoyens*』라는 제목의 소책자에서 루소를 불경한 사기꾼이자
거짓말쟁이라며 공개적으로 비난하고 나섰다. 물론 볼테르
는 자기 이름을 내세운 것은 아니었고 익명으로 썼으며, 열

광적인 칼뱅파 목사의 문체를 빌렸다. 소책자에서 그는 참으로 수치스럽고 또 애통하게도 다음과 같은 결론에 이르게 된다고 쓰고 있다. 즉, 루소라는 인간은 지난날의 방종한 삶이 그에게 남긴 치명적인 징후들을 아직도 달고 다니는 남자로서, 연극배우처럼 옷을 입고 다니며, 자신이 무덤으로 보낸 여인의 딸이자 고아원 문앞에 버리고 간 자식들의 어미인 그 불쌍한 여자를 방방곡곡으로 끌고 다니는 남자인데, 이런 짓거리로 그가 모든 자연스러운 감정을 등진 자임은 물론이거니와 명예와 종교도 모두 내던져버린 자임을 알 수 있다고 말이다. 그간 살아오면서 참된 신앙의 옹호자로 자처한 적이 결코 없었던 볼테르가 왜 이렇게까지 루소에 대해서 적개심을 드러냈는지, 왜 이렇게까지 쉴 새 없이 증오심을 불태우며 루소를 박해했는지 얼른 이해가 가지는 않는다. 유일하게 가능한 설명은 볼테르가 문학이라는 천공에 떠오른 신성의 광채에 자신의 명성이 퇴색하는 것을 견딜 수 없었다는 것이다. 문인들이 뒤에서 수군댈 때 보이는 악의만큼 변하지 않는 것도 별로 없지 않은가. 아무튼 그 당시 어떤 상황이었든 볼테르의 공개 비방과 막후 조종은 힘을 발휘하여 루소는 트라베르 계곡에 더이상 머물 수 없었다. 베르들랭 후작부인이 1765년 9월 초에 모티에에서 루소를 방문하고 일요예배를 드리러 갔을 때, 원래 루소에게 호의를 품고 있던 몽몰랭은 그새 뇌샤텔과 제네바의 동료 공직자들의 선동에 넘어가, 사악한 자가 주님의 희생에 함께

하는 것은 무도한 행위라는 잠언 제15장의 말씀에 대해서 설교를 늘어놓았다. 그날 모티에의 교회에 착석해 있던 신도들 중에서 그 선동적인 설교가 누구를 겨냥하고 있는지 모르는 바보는 없었다. 따라서 분노한 군중들이 거리에 루소가 보이면 야유와 욕설을 퍼붓고, 같은 날 밤에는 그의 집 발코니와 창문에 돌을 던진 것도 당연한 결과였다. 이후『고백』에서 루소는 당시 트라베르 계곡에 살 적에 어찌나 광분한 늑대 취급을 받았던지 자신이 어느 외딴 오두막을 지날 때에는 심지어 그 집 소작인이 누군가에게 이렇게 소리치는 것을 들었다고 쓰고 있다. "내 총 좀 가져와. 저놈에게 좀 갈겨줘야겠어."

이런 괴로운 나날들에 비하면 루소가 9월 9일에 들어오게 된 이 생피에르섬은 그야말로 작은 낙원처럼 여겨졌으리라.「다섯번째 산책」의 서두에 쓰고 있듯이 여기서 그는 독수리 울음소리와 새들의 지저귐, 쐐쐐 흐르는 급류 소리 외에는 어떤 소음의 방해도 받지 않는 정적 속에서 명상에 잠길 수 있으리라 믿어도 되었을 것이다. 루소가 섬에 머무는 동안 그를 돌봐준 사람은 농장 관리자 가브리엘 엥엘과 그의 처 잘로메로, 그들은 얼마 안 되는 하인들을 데리고 농가의 살림을 꾸려나갔다. 훗날 그 부부는 루소를 아무런 조건 없이 받아줬다고 베른 의회로부터 질책을 당하게 된다. 물론 루소는 이 섬에서 보낸 1765년 9월과 10월에 —「다섯번째 산책」을 읽으면 짐작하게 되는 바와는 달리 — 그렇게 고

독하기만 한 것은 아니었다. 모티에에서와 마찬가지로 그는 여기서도 그칠 줄 모르고 계속되는 방문객들의 등쌀에 오늘날 그의 방에서 아직도 볼 수 있는 쪽문을 통해 몰래 빠져나가지 않으면 안 되었던 경우도 여러 번 있었다. 또한 빌 지역과 섬 인근에 사는 수많은 사람들이 건너와 바삐 일하는 수확기도 루소가 이후 기억 속에서 믿고 싶어했던 바와 달리 그렇게 완벽히 고즈넉한 때는 아니었다. 그럼에도 우리는 루소가 모티에에서 견뎌야 했던 그 모든 수난을 뒤로하고 이제 엥엘 부부의 보호 아래 이 섬에서 거뜬히 2년을, 아니 200년, 아니 영원의 시간을 보낼 수도 있겠다고 확신했을 때의 마음을 충분히 헤아려볼 수 있다. 적어도 나는 이 섬에 도착한 첫날 밤, 해질녘의 어스름 속에서 산책을 마치고 돌아와 객실에 혼자 앉아 있을 때 바로 그렇게, 거의 그

렇게 느꼈다. 바깥에는 밤이 깊숙이 내려와 있었고, 안에서는 포근한 불빛에 잠긴 내가 모든 것이 괜찮은지, 뭐 더 필요한 것이 없는지 확인하러 이따금씩 내 테이블로 건너오는 호텔 지배인의 살뜰한 보살핌을 받고 있었다. 레글리 씨라고 하는 이 호텔 지배인은 그날 저녁 살구색 정장을 입고 둥둥 떠다니는 듯한 독특한 걸음새로 방 안을 돌아다녔는데, 내게는 싹싹한 친절함의 진정한 표본으로 느껴졌다. 그가 자신의 작은 사무실에 앉아 전화로, 네 그럼요, 그는 아직도 있습니다, 절 아시잖아요, 저는 맡은 일에 성심을 다합니다 vous me connaissez, toujours fidèle au poste, 라고 하는 것을 들었을 때 나는 그에게 마음을 완전히 내주고 말았다.

　루소의 글쓰기 노동은 섬에서도 중단될 줄 몰랐다. 비록 「다섯번째 산책」에서 루소 자신이 그 노동을 별의별 방법을 다 동원해 기피했다고 주장했지만 말이다. 계속되는 서신 교환에 응답하는 일 외에도 그는 100년 뒤에나 출판될 『코르시카 헌법 구상 Projet de constitution pour la Corse』 편집에 몰두

빌 호수,
캐롤라인 스탠리의 수채화, 1820년경

했다. 두 권의 노트에 나눠서 쓴 이 글은 지금은 제네바 도서관에 보관되어 있다. 루소의 『사회계약론』을 보면 한 현명한 남자가 제노바인들에 맞서 독립을 쟁취하려는 코르시카인들에게 그들이 자신들의 정치체를 어떤 식으로 건립해야 할지 헌법의 초를 잡아서 보여주고 싶다고 지나가는 말로 언급한 대목이 있는데, 이를 보고 마티외 부타포코 대령은 모티에로 몸소 찾아와 루소에게 이 과업을 직접 맡아달라고 청했다. 당시 유럽 전역에서는 타민족의 지배에 맞서 들고일어난 코르시카 사람들에게 열광적인 지지를 보냈고 코르시카 장군 파스콸레 파올리는 조국의 아버지이자 더 좋은 정부를 갈망하는 모든 사람들의 본보기가 되었다. 우리는 이 인물을 횔덜린의 시만이 아니라 헤벨의 알레만어 시에서도 마주친다. 헤벨의 시에서 길가에 앉아 있는 한 거지는 이렇게 이야기한다. "시커먼 폭풍 치는 밤/ 라우돈*의 천막과 깃발 앞을 지켰다네./ 파스콸레 파올리도 모셨네./ 코르시카 용기병 부대에 들어갔다네."† 코르시카는 원래도 전설적인 것이 잘 어울리는 이미지였고 루소의 환상 속에서도 마찬가지였다. 그는 "언젠가 이 작은 섬이 전 유럽을 깜

* 기데온 에른스트 폰 라우돈(Gideon Ernst von Laudon, 1717-1790). 7년전쟁에서 활약한 오스트리아의 장수.
† 헤벨의 시 「거지Der Bettler」. 시적 화자인 거지는 적선을 구하면서 자신의 고생담을 늘어놓는다. 그는 어릴 적 가난하게 태어나 일찍 부모를 잃고 이렇게 구걸하며 사느니 군인이 되어 전쟁터에서 죽는 것이 낫다고 생각하여 군인을 모집하는 곳이면 어디든 찾아가 목숨을 바쳐 싸웠다고 말한다.

짝 놀라게 할 것"이라고 예감했다. 물론 그는 이 예언이 50년 뒤에 어떤 경악스러운 방식으로 실현될지는 알 수 없었다. 그는 자신을 속박한다고 믿었던 사회악을 기피할 수 있는 어떤 질서의 실현 가능성을 코르시카에서 발견했다. 도시 문명에 대한 염증은 루소가 코르시카인들에게 진정으로 자유롭고 좋은 삶의 유일한 기본 토대로 농업을 소개하는 동기가 되었다. 어떠한 위계질서도—스위스 중앙의 칸톤들에서 볼 수 있는 것처럼—농업공동체를 기초로 하는, 모든 사안에서 평등의 원칙을 근간으로 삼는 입법을 통해 처음부터 저지되어야 했다. 그뿐만 아니라 루소는 코르시카인들에게 물물교환을 위해 화폐경제를 철폐할 것을 권고했다(반면에 파올리는 코르테에서 이미 고유한 주화를 제정했다). 생피에르섬에서 구상한 코르시카 기획안 전체는 상품 생산 및 거래, 사유재산의 축적을 위해 나날이 더 전력을 다하는 유럽의 시민사회에 더 순박한 시대로의 회귀를 약속하는 꿈 같은 이야기가 되었다. 루소도, 그의 후예들도 이 퇴행적 유토피아가 우리를 벼랑 끝까지 걷잡을 수 없이 내모는 진보와 빚는 모순을 해소할 수 없었다. 우리가 품은 동경과 우리의 합리적인 삶의 계산 사이에 얼마나 큰 간극이 벌어져 있는지는, 안전한 피난처만큼 절박했던 것도 없었던 저 시기에 루소가 코르시카행을 도저히 결심할 수 없었던 사실에서 충분히 읽어낼 수 있다. 『가제트 드 베르네*Gazette de Berne*』지에서 루소가 저 지중해 섬에서 총독의 자리를 맡게 될 것이라고 기사를 내기도 했으나, 실제로는 고상한 세계의 살롱에서 명성을 쌓아온 사람이 자신의 관점에서 문명 이전으로 보이는, 즉 그가 『고백』에서 쓰고 있듯이 생활의 가장 기본적인 편리함들을 결여하고 있을 그런 세계로 돌아간다는 것은 생각도 할 수 없었다. 아니, 루소에게 자신의 세간 일체를 끌고 알프스산맥을 넘어 200마일 떨어진 곳까지 옮겨가야 한다는 전망만큼 끔찍한 것도 없었다. "침대보, 옷, 그릇, 요리도구, 종이, 책, 이 모든 것을 가지고 가야 했다." 그에게 집과 생계수단을 제공하겠다고 한 지역은 동쪽으로 가파르게 경사가 진 카스타니차의 고개들 중 한 곳에 위치한 베스코바토라는 비좁은 소도시였다. 18세기에 그곳은 별 볼 일 없는 도시는 아니었으며, 루소의 집이 될 수도 있었을 필리피니의 집도 그가 두려워했던 것과 달리 결코 원시적인 집은 아니었다. 나는 그곳을 생피에르섬을 다녀오고 몇 달 뒤에 가보았다. 집의 위층 창에서는 골짜기를 따라 내려오는 시냇물이 내려다보이고 여름이 끝나갈 무렵인데도 물소리가 제법 힘찼다. 고개를 더 들면 저 멀리 어디까지가 바다이고 어디서부터 그 위의 하늘인지 구분할 수 없는 은은하게 반짝이는 푸른색이 보였다. 동네 주위로는 현재는 퇴락했으나 당시에는 오렌지, 살구, 갖가지 과일들이 주렁주렁 열렸을 계단식 과수원이 빙 두르고 있었다. 동네를 벗어나 조금 더 멀리 언덕 위로 올라가거나 내려가보면, 루소가 자신의 개와 함께 산책할 수도 있었을 성근 밤나무 숲이 나온다.

그곳에서 루소가 문학계의 소란과 위선으로부터 멀리 떨어져 여생을 보냈더라면, 이후에 거의 잃어버리다시피한 건강한 이성을 적어도 얼마간은 지켜낼 수 있었을지 누가 알겠는가.

작가 루소는 생피에르섬에 머물 수 있었던 몇 주 동안 전적으로 한가한 것은 아니었지만 그래도 이 시기를 문학의 요구로부터 자기 자신을 면해주는 기회로 이용하려 했다고 회고한다. 그는 이제 그 냄새만 맡아도 구역질이 나는 문학적 명성과는 완전히 다른 어떤 것을 소망하겠다고 말한다. 루소가 이제 문학에 느끼는 불쾌감dégoût은 일시적인 감정적 반응이 아니라, 글쓰기에 언제나 동반되는 감정이었다. 한때는 타락하지 않았던 자연 상태에 대한 그의 이론에 따르면, 그는 생각하는 인간에게서 인간 종의 돌연변이를 보았고, 성찰 행위에서는 정신적 에너지의 퇴화된 형태를 보았다. 시민 계층이 어마어마한 철학적·문학적 에너지를 들여 자신의 해방에 대한 요구를 천명하던 시대에 루소만큼 사유의 병리적 측면을 인식한 사람은 없었다. 루소야말로 자신의 머릿속에서 돌아가는 바퀴를 멈출 수 있기를 그 무엇보다 바랐던 사람이었다. 그럼에도 그가 글쓰기에 집착했다면 그건 장 스타로뱅스키*가 말했듯 오직 손에서 펜이 떨

* Jean Starobinski(1920-2019). 스위스 태생의 프랑스 문예비평가. 그의 박사 논문『장-자크 루소: 투명성과 장애물』은 출간 즉시 루소를 읽는 새로운 관점을 제시했다는 평가를 받았고, 루소 연구의 고전으로 꼽힌다.

어지고 화해와 귀환의 **고요한** 포옹 속에서 본질적인 것이 말해지는 순간을 불러오기 위해서였다. 우리는 글쓰기를 별로 영웅적이지는 않지만 그렇다고 정확하지 않은 것은 아닌 방식으로 자신을 항상적으로 계속해서 몰아붙이는 강박적인 행위로 이해해볼 수도 있을 것이다. 그런 행위는 작가야말로 사유라는 병에 시달리는 주체들 가운데 어쩌면 가장 불치의 환자라는 것을 입증한다. 루소에게 청년 시절과 특히 파리 시절에 중요했던 악보 필사는 자신의 머릿속에서 뭉게구름처럼 끊임없이 피어오르는 생각들을 몰아낼 수 있는 몇 안 되는 가능성 가운데 하나였다. 사고기계를 정지시키는 일이 얼마나 어려운 것이었는가는 루소가 빌 호수의 그 섬에서 보낸 소위 행복한 나날들에 바친 묘사가 보여준다. 「다섯번째 산책」에서 그는 자신이 작업의 부담에서 벗어나 있다고, 상자 속 책들을 풀지도 않고 잉크병이나 필기도구에는 손 한 번 안 대고 있는 것이 가장 큰 즐거움이라고 말한다. 하지만 이렇게 얻어낸 자유 시간은 어떻게든 사용되어야 했으므로 루소는 이제 식물채집에 헌신한다. 그는 모티에에서 지낼 적에 장-앙투안 디베르누아와 함께한 답사에서 식물채집의 기초를 습득한 바 있다. 「다섯번째 산책」에는 이렇게 쓰여 있다. "나는 일종의 생피에르섬 식물지Flora Petrinsularis를 만들어 모든 식물 종들을 빠짐없이 기술하는 작업에 착수했고, 이때 기록할 세부 사항들이 너무도 많아서 내 여생을 다 바쳐도 모자랄 지경이었다. 어떤 독일인은 레몬 껍질에 대해서 책 한 권을 썼다고 한다. 나라면 모든 잔디의 종류, 숲속에 있는 모든 이끼 종류, 또 돌에 낀 모든 지의류에 대해서 책 한 권씩을 쓸 수 있을 것이다. 그 어떤 가느다란 풀도, 그 어떤 미미한 식물도 내 서술에서 빠져나가지 못할 것이다. 이런 계획에 부합하게도 나는 매일 아침 다른 사람들과 아침을 먹은 다음 손에는 돋보기를 들고 겨드랑이 밑에는 『자연의 체계*Systema Naturae*』를 낀 채 섬의 한 구간을 샅샅이 뒤지고 다녔다. 이런 목적을 위해서 나는 섬을 4등분했고, 매 계절마다 순서대로 한 구역씩 뒤질 작정이었다." 여기서 저자의 근본적인 동기는 호수의 섬에 자생하는 식물 종들에 대한 객관적 관찰보다는 정리와 분류, 그리고 체계의 완성에 있음이 드러난다. 이렇게 겉보기에는 더없이 무해한, 생각을 그만하고 자연만 바라보자는 의식적인 각오에서 행한 취미 생활조차도, 만성적인 사유 욕구와 작업 욕구에 시달리는 문인에게는 힘이 많이 소요되는 더없이 이성적인 기획이 되어버린다. 그것은 목록과 표와 색인을 만들고 꿀풀의 긴 수꽃술이나 쐐기풀과 개물통이의 탄성, 봉선화 씨와 회양목 도토리의 툭 터지는 성질 따위를 정확하게 기술해야 하는 작업이다. 아무튼 루소가 훗날 마들롱과 쥘리 드 라 투르와 그 밖의 다른 젊은 숙녀들에게 주려고 만든 말린 식물 꽃잎 표본들은 그가 평생 종사한 자기파괴적인 글쓰기 작업에 비하면 무해한 브리콜라주로 드러난다. 18세기에 채취된 돌이끼와 개불알풀, 은방울꽃, 가

을크로커스 꽃잎이 압착된 형태로 약간 빛이 바랜 채 지금까지 남아 있는 이 표본집에는 의식 없는 아름다움이 발하는 희미한 광채가 어려 있다. 우리는 카르나발레 박물관과 장식예술박물관에서 그것을 보고 여전히 감탄할 수 있다. 루소가 자기 자신을 위해서 만든 4절판책으로 열한 권이나 되는 식물표본집은 제2차세계대전 때까지 베를린의 식물학박물관에 보관되어 있었으나, 이 도시의 다른 많은 것들이 그렇듯 폭탄이 떨어진 어느 날 밤에 화염 속에서 사라지고 말았다.

루소가 식물채집도 포함되는 온갖 활동과 작업에서 진정으로 벗어날 수 있었던 때는 오직 화창한 날에 고즈넉한 호수로 멀리 노를 저어 나가는 그때뿐이었다. "이때는 나룻배에 몸을 죽 뻗고 하늘을 올려다보면서 나를 내버려두었다. 그렇게 몇 시간 동안 천천히 물이 움직이는 대로." 우리는 섬을 다룬 장章에서 이런 문장을 만날 수 있다. 그때 그곳에서 그의 몸 위를 둥글게 덮고 있던 밝은 맑음은 『신 엘로이즈』의 서두에 나오는 발레산 묘사를 연상시킨다. 발레산은 산 밑까지 내려온 텁텁한 대기의 베일이 벗겨진 풍경으로 묘사되는데, 그 풍경은 어떤 초자연적인 성격을 지녀서 그곳에 있으면 모든 것을, 자기 자신까지도, 또 자신이 어디에 있는지까지도 금세 잊게 되는 곳으로 그려진다. 루소의 글에 나타나는 투명성이라는 주제를 파고든 장 스타로뱅스키는 "완벽히 맑은 풍경의 순간이란 개인적 실존이 스스로의 한계지점에서 해소되고 대기 속으로 꿈꾸듯 흔적도 없이 사라지는 순간이기도 하다"라고 쓴다. 스타로뱅스키에 따르면, 스스로를 남김없이 투명하게 만들기는 현대적 자서전 문학의 창시자가 품은 최고의 야심이었다. 수정水晶은 이러한 야망의 상징으로, 스타로뱅스키에 따르면 우리는 "그것이 순수한 상태에 있는 것인지, 아니면 정반대로 딱딱하게 굳은 영혼인 것인지" 알지 못한다. 연금술과 형이상학 사이를 오가는 이러한 맥락에서 스타로뱅스키는 루소가 그의 『화학 강요Institutions Chimiques』에서 유리화琉璃化에 몹시 큰 관심을 기울였다는 사실을 지적하고는 루소가 요한 요아힘 베커라는 사람에 대해 이야기하는 한 대목을 인용하는데, 베커는 1669년에 출판된 『지하 자연Physica subterranea』의 저자로 유리를 만들 때 쓰는 흙을 광물의 영역이 아니라 동식물을 태운 재에서 얻은 바 있다. 루소가 베커에 대해서 다음과 같이 쓰고 있다. "베커는 동식물의 재에 유리화할 수 있는 가용성의 흙이 들어 있어서 그 흙이 있으면 최고로 아름다운 자기보다도 더 아름다운 화병을 만들어낼 수 있다고 확언한다. 그는 자신이 엄격하게 비밀로 지켜온 그 기법에 따라서 실험해본 결과, 인간은 유리로 만들어졌고 모든 동물들처럼 다시 유리로 돌아갈 수 있다고 확신하게 되었다. 이런 생각 끝에 그는 옛날 사람들이 죽은 이들을 화장하거나 방부 처리하기 위해 들이는 노력에 대해서 지극히 사랑스러운 고민을 보태게 되었는데, 조상의 재를 잘 간직할 수 있을 방법으로 그는 징그럽고 역겨운 시신을 몇 시간 안에 아름답고 투명한 유리로 된 맑고 빛나는 화병으로 만드는 방법을 제안했다. 그렇게 만들어진 화병은 식물로 만든 유리처럼 풀빛을 띠지 않고, 우유처럼 허연빛에 희미한 수선화빛 색조를 띨 것이다". 신체를 어떤 순수한, 말하자면 덧없음에서 벗어난 실체로 변화시키는 이 과정은 루소에게는 진정한 예술 창작에 대한 비유로도 보일 법한데, 스타로뱅스키에 따르면 이런 식의 억견은 루소 사유의 최종 국면에 가면 "인간 세계를 어떤 컴컴한, 구분도 침투도 할 수 없는 덩어리로 환원시키는 과정, 즉 빛을 다 죽이는 분쇄 과정으로" 전도된다. "서로 대립하는 계기들은 이제 더이상 균형을 이룰 수 없다. 장-자크의 투명성은 굳어버리고, 외적인 어둠도 응고된다. 베일 또한 뻣뻣해지고, 더이상 저 얇고 나풀대는 분리막이 아니게 된다. 그것은 이미 자신이 감추고 있는 세계에 내려앉아 세계를 계속해서 어둠의 망 속에 가두게 될 것이다."

10월 25일 생피에르섬을 떠난 루소에게는 여전히 불안과 고통으로 가득할 12년여의 세월이 기다리고 있다. 그는 바젤 제후주교의 통치구인 빌에서 며칠을 머물렀고, 그곳의 몇몇 시민들은 그에게 체류권을, 적어도 겨울만이라도 이곳에서 머물 권리를 마련해줄 수 있기를 바랐다. 루소는 첫날은 백십자가 여관에서 잠을 잤고, 그다음 날부터는 평판이 지독히 나쁜 가발제조공 마젤의 집, 창밖으로 냄새나는 무두질용 통이 보이는 방에서 숙박했다. 그 밖의 상황 또한 유리하게 돌아가지 않았다. 빌에서 실제로 강한 발언권을 행사하는 베른 사람들의 입김이 작용하여 다수의 시의회 의원들이 그 무국적 피난민에게 체류 허가를 내주는 데 반대 입장을 표명한 것이다. 그 때문에 루소는 10월 29일에 벌써 그곳을 다시 떠나야 했다. 바젤에서 그는 20년 전부터 자신을 보살펴주고 자신과의 사이에서 다섯 명의 잃어버린 아이들을 낳은 테레즈 르바쇠르에게 열이 나고 목이 아프며 심장에는 죽음이 들어 있다고 편지를 쓴다. 루소에게 유일하게 위로가 된 것은 마치 마부처럼 마차 앞에서 30마일이나 시골길을 따라 달려온 그의 개 술탄이다. 지금 그 개는—루소가 쓰기를—그가 이 글을 쓰고 있는 탁자 아래 그의 외투를 깔고 누워 자고 있다. 10월 31일에 루소는 바젤시와, 자서전 종장에서 그가 이름 붙인 대로라면, "사람을 죽이는 땅 cette terre homicide"인 스위스를 영원히 떠난다. 그는 이제 영국으로 망명을 오라는 제안을 받아들이기로 결심한 상태다. 루소에게 발급된 여권이 그가 프랑스를 통과하고 스트라스부르와 파리에서 잠시 머무는 것을 허락해주자, 이제 전 세계가 루소를 경탄하러 파리로 몰려들고, 루소를 향한 히스테리적인 열광이 들끓는다. 심지어는 자신의 대사직 지위를 이용하여 루소를 영국으로 망명시키려 애썼던 데이비드 흄은 허가만 떨어진다면 프랑스 파리에서 루소를 위해 2주 안에 5만 프랑(당시로서는 엄청난 거금이었던)을 모금하는 무리수를 두고 싶다고 휴 블레어에게 써 보낼 정도였다. 사람들이 루소에게 너무나 큰 관심을 보낸 나머지, 교양 없는 여성에 불과했던 루소의 부인 르바쇠르가 모나코 공주나 에그몽 백작부인보다 더 큰 화젯거리가 되었을 정도였다. "루소의 그 개는 한 마리 콜리 종에 불과하지만, 그 이름과 명성이 세상에 자자하다네." 흄은 이렇게 편지에 덧붙였다. 1766년 1월 초 루소는 영국으로 간다. 완전한 타향인 이곳에서 루소는 언제나 잠재되어 있었으나 망명 생활로 훨씬 극심해진 자신의 피해망상에 더욱더 깊게 굴복하고 만다. 그의 기분은 패배감과 고양감 사이를 널뛴다. J. 크래덕이라는 저자가 1828년 런던에서 출판한 『문예 및 여타의 비망록 Literary and Miscellaneous Memoirs』에서 이야기하는 바에 따르면, 루소는 영어를 거의 못 알아듣는데도 개릭의 초대를 받아들여 연극을 보러 가서는 이날 저녁 상연된 비극을 보면서 눈물을 쏟고, 뒤이어 상연된 희극을 보면서는 폭소를 터뜨렸다고 한다. 그가 하도 정신을 빼놓고 있어서 "개릭 부인은 그가 귀빈석에서 떨어지지 않도록 그의 카프탄 자락을 꼭 잡고 있어야 했다". 한번은 흄 스스로도 이런 감정기복을 관찰할 기회가 있었다. 루소가 잔뜩 의심을 품은 채로 그에게 와서 한 시간 동안이나 아무 말도 없이 의기소침하게 그의 방 안을 왔다 갔다 하더니, 갑자기 그의 무릎에 앉아 얼굴에 키스를 퍼붓고는 눈물을 흘리면서 영원한 우정과 감사의 마음을 맹세했던 것이다. 하지만 루소가 흄마저도 자신의 생계와 명예를 빼앗는 데 혈안이 된 간교하기 짝이 없는 모사꾼들 중 하나로 보게 되기까지는 오랜 시간이 걸리지 않았다. 『신 엘로이즈』에서 영혼들의 조화를 알리는 침묵의 시선들은 루소에게 이제 위협으로 감지된다. 그때그때 상대방의 행동에서 조금이라도 평소와 다른 점이 발견되면 그것은 그가 처한 적대적인 환경 속에서 그의 불안에 의해 끊임없는 해석의 대상이 되었고, 결국에는 상대방이 그에게 위해가 되는 음모를 꾸미는 데 가담하고 있음을 가리키는 징표가 되었다. "장-자크에게 박해의 세계 속에 산다는 것은 서로 맞물리는 징조들로 짜인 그물 속에 포로로 붙잡혀 있다고 느끼는 것을 의미했다"라고 스타로뱅스키는 쓰고 있다. 때로는 불안에 시달리는 상태가 더러 가라앉기도 했다. 더비셔의 우턴에서 루소는 런던의 한 사교계에서 알게 된

고귀한 노신사 리처드 대븐포트 소유의 시골집에 은신해 있으면서 잠시 평온을 경험했고, 다시 식물채집을 하러 나갔으며, 그의 『고백』의 가장 멋진 대목에 들어갈 몇 쪽의 글을 썼다. 하지만 대븐포트가 이 집에 상주하지 않았던 탓에 오해가 싹트는 것을 막거나 중재할 수 없었으므로 이곳에서도 상황이 금세 악화된다. 떠돌이 프랑스 여자의 명령을 받지 않겠다는 하인들과 테레즈는 말다툼을 벌였고, 해가 바뀌자 그 갈등은 대븐포트의 가정부가 루소 부부에게 재와 눈을 뿌린 수프를 대령하는 사단이 벌어질 정도로 절정으로 치닫게 된다. 루소는 자신이 딱히 잘못하지도 않았는데도 자신의 모든 행동과 자기 삶에 일어난 모든 변화가 자신의 손아귀를 벗어나 자신을 비방하는 도처에 깔린 적들에게 자신을 포로로 갖다 바치는 연쇄 작용을 일으킨다고 더욱더 확신하게 된다. 1767년 5월 초 그가 프랑스로 돌아가기 위해 우턴을 떠날 때, 링컨셔의 끝없이 펼쳐진 양배추밭과 순무밭 한가운데에 있는 황량하기 짝이 없는 스폴딩에서 그는 캠던 대법관에게 자신이 즉시 도버해협에 무사히 닿을 수 있도록 자신의 신변을 보호해달라고 청원서를 쓴다. 프랑스로 돌아간 뒤에 루소는 테레즈와 3년의 시간을—종종 가명 뒤에 숨은 채—노르망디의 트리성과 같은 외진 귀족 영지 아니면 부르고앙이나 몽켕처럼 저 멀리 남쪽에 위치한 소읍에서, 공권을 상실한 존재로서 언제나 음지에서 살아갔다. 그가 1770년에 정치적 혹은 종교적 문제에 대해서 아무것도 출판하지 않는다는 조건으로 프랑스 수도에 거주지를 가질 수 있는 허가를 받았을 때, 그리고 그곳에서 악보 필사로 생계를 유지하려 했을 때 그를 에워싼 병든 우주는 이제 더이상 헐릴 수 없었다. "아이들의 찡그린 표정, 레 알 시장의 완두콩 가격, 플라트리에르 가의 작은 가게들, 이 모든 것은 다 동일한 음모를 알리는 것이었다"라고 스타로뱅스키는 쓴다. 그럼에도 루소는 몇 가지를 성취한다. 『고백』은 완성되었다. 그리고 그 책의 저자는 여러 곳의 살롱에서 책의 일부를 뽑아 낭독했는데, 그 낭독회는 무려 열일곱(!) 시간이나 걸리기도 했으니, 경청의 형刑을 선고받은 관객들에게 플로베르의 『감정교육』 전체를 쉬지 않고 낭독해주고 싶다는 프란츠 카프카의 소망을 어느 정도는 선취한 것이었다. 이외에도 식물학에 대한 글과 폴란드 정부에 대한 글, 또 루소가 장-자크의 판관으로 등장하는 일명 『대화*Dialogues*』도 잇

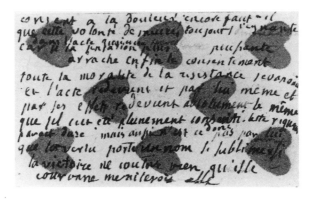

따라 완성된다. 생애 마지막 2년 동안에는 산책을 하면서 트럼프 카드에 『고독한 산책자의 몽상』에 대한 메모들을 적어놓았고, 1780년 4월에 그 책을 완성한다.[*] 그뒤에 그는 파리를 떠나 지라르댕 후작부인이 에름농빌의 영지에 마련해준 작은 집으로 이사한다. 그곳에서 그는 5주간의 초여름을 보낸다. 일출과 함께 자리에서 일어나 지팡이를 짚고 집 주변의 수려한 지역을 산책하면서 꽃잎과 나뭇잎들을 채취하

[*] 루소는 1778년에 사망했기 때문에 연도에 착오가 있어 보인다. 또한 『고독한 산책자의 몽상』은 루소의 갑작스러운 죽음으로 미완으로 남았다.

고, 가끔씩은 더 멀리 호수까지 가본다. 7월 2일—이제 예순여섯 살이 된—그는 끔찍한 두통을 안고 산책길에서 돌아온다. 테레즈가 그를 부축하여 소파에 눕힌다. 발작을 겪고 소파에서 곧바로 바닥으로 떨어진 뒤 몸을 살짝 웅크렸다가 숨이 멎는다. 이틀 뒤 그는 에름농빌의 푀플리에섬에 매장된다. 몇 년 뒤 지라르댕 후작은 자신의 이 영지를 기념

공원으로 변모시킨다. 그는 고대식 묘석을 세우고 스위스풍의 작은 집도 만들어주었을 뿐만 아니라, 철학의 신전을 세우고 몽상에 바쳐진 제단도 만든다. 심지어는 루소가 자주 벤치에 앉아서 고즈넉한 주변 풍경을 바라보았던 오두막도 세심하게 수리해놓았다. 이제 그 공원은 순례지가 되어 적잖은 숫자의 부인들이 섬의 무덤가에 주저앉아 루소의 유해

가 쉬고 있는 차가운 묘석에 가슴을 대고 엎드린다. 1794년 10월 9일 마침내 루소의 유해가 팡테옹으로 이장된다. 군악대가 이 기념할 만한 날을 위해 오페라 〈마을의 점쟁이〉의 곡들을 연주했다. 세 겹의 납으로 싸고 또 한번 납피로 감싼 떡갈나무로 제작한 관이 땅에서 파내어져 성대한 장례행렬

cortège 속에서 파리로 운구되었다. 행렬이 가는 곳 어디서나 길을 따라 군중들이 줄지어 서서 외쳤다. "공화국이여 영원하라! 장-자크 루소에 대한 기억이여 영원하라!" 10월 10일 저녁 장례행렬이 튀일리궁에 들어섰을 때, 그곳에서는 활활 타오르는 횃불을 든 거대한 군중들이 기다리고 있었다. 공

화국의 상징들이 그려진 나무 틀이 루소의 관을 덮고 있었고, 사람들은 반원을 그리며 둘러서 있는 버드나무들 가운데에 놓인 관대 위에 관을 올려놓았다. 추모식의 가장 핵심이 되는 행사는 이튿날, 장례행렬이 다시 팡테옹으로 가는 여정을 재개할 때 거행되었다. 성조기를 두른 미국 해군 대령이 앞장을 섰고, 삼색기와 제네바공화국 깃발을 든 다른 두 명의 기수가 그 뒤를 따랐다.

# 무엇이 슬픈지 나도 모른다*

### 뫼리케를 위한 소박한 추모

* 뫼리케의 시 「은거Verborgenheit」의 한 구절.

에두아르트 프리드리히 뫼리케*가 1822년 신학교를 다니기 위해 튀빙겐으로 왔을 때 시대는 이미 완전히 달라져 있었다. 유럽 전역을 뒤엎어놓았던 황제는 1년 전 광막한 남대서양 한복판의 바위섬에서 비참하다면 비참하다고 할 수 있는 죽음을 맞았고, 붉은 프리기아 모자†를 쓰고 혁명군의 선봉에 섰던 그의 열혈 추종자들 또한 역사의 무대에서 사라진 지 오래였다. 혁명의 불꽃은 이제 아이들을 깜짝 놀래줄 때나 환기되었다. 그러면 우리는 겁에 질린 아이들의 눈

* Eduard Friedrich Mörike(1804-1875). 독일의 시인 및 소설가이자 개신교 목사. 비더마이어적 시풍을 보였으며, 슈바벤 학파에 속해 있었다. 그가 남긴 많은 서정시는 후기 낭만파 작곡가들에 의해 가곡으로 작곡되어 널리 알려졌다. 이외에도 대표작으로 장편소설 『화가 놀텐』(1832), 『프라하로 여행하는 모차르트』(1856), 동화 『슈투트가르트의 난쟁이 요정』(1853)이 있다.
† 프랑스혁명 당시 자코뱅 당원들이 쓰던 원뿔형 모자로, 자유를 상징한다.

을 통해 불꽃이 다시 한번 창밖에서 아른대는 것을 보게 되고, 불꽃이 다시 한번 성문을 뚫고 돌파하는 것을, 지붕의 뼈대에서 불길이 치솟고 우리의 집이 화염 속에서 주저앉는 것을 보게 된다. 하지만 이 무시무시한 회고의 끝에 이르면 사람들은 이 모든 것은 이미 오래전 일이고 불을 지른 자들 또한 더이상 살아 있지 않다고들 말한다.

세월이 지나 방앗간 주인이 보니
어느 백골이 모자까지 쓰고
꼿꼿하게 지하실 벽에 기대어
뼈다귀 말 위에 앉아 있더라.
불꽃의 기사여, 너 참 대담하게도
네 무덤 속으로 질주해 들어갔구나!
쉭! 그때 해골은 재로 주저앉는다.
편히 쉬게,
편히 쉬게
물레방앗간 아래에서.*

청년 뫼리케에게 혁명의 참상이 이미 까마득한 옛 전설 같은 이야기였다고 해도, 나폴레옹 시대의 최종장이라 할 수 있는 라이프치히 전투와 워털루 전투에 대해서 그는 어

* 뫼리케의 시 「불꽃의 기사Der Feuerreiter」(1823-1824). 그의 소설 『화가 놀텐』에도 실려 있다.

린 시절 수없이 들어봤을 테고, 이 전투들은 분명 그의 사적 기억의 일부를 이루었을 것이며, 프랑스의 지배로부터 해방된 뒤 자연히 싹튼 국민주권에 대한 희망 또한 그의 세대가 공유했던 막 부상하는 의식 중 하나였다. 뫼리케가 1821년부터 알고 지낸 거친 바이블링거*는 이러한 세대의식을 대변하는 최고의 증인으로서, 그는 그후에도 한동안 혁명적 저술활동을 이어나갔다. 신성동맹† 소속 국가들이 강압적인 통치하에 놓인 지 10년 가까이 지났지만 민족혁명의 꿈이 완전히 깨진 것은 아니었다. 1812년에 그어졌던 뚜렷한 전선은 벌써 오래전에 흐릿해졌다. 미래에 대한 상상들은 점점 뒤죽박죽이 되어갔고, 튀빙겐 신학교 생도들의 머릿속에서도 이것들은 혁명적인 애국주의와 시민적인 신중함, 낭만적 비전과 정확한 손익 계산, 정치적 열정과 시적 열광이 전형적인 독일식으로 뒤섞인 잡탕으로 변질되어버려 그 안에서 진보적인 요소들과 반동적인 요소들을 더이상 구분할 수 없을 지경이었다. "한편으로는 바이런과 바이블링거, 빌

* 빌헬름 바이블링거(Wilhelm Waiblinger, 1804-1830). 뫼리케와 튀빙겐에서 같이 수학한 시인이다. 그는 횔덜린과 직접 친교를 맺고 횔덜린 찬가를 지어 일찍이 시인으로서 명성을 얻었으며, 연애 문제로 떠들썩한 스캔들을 일으켜 신학교에서 퇴학을 당했다. 그는 이름에 '거친'이라는 수식어가 붙을 정도로 당대 도덕적 관습을 무시하는 모습을 많이 보여주었다. 그와 무척 친밀한 우정을 나눴던 뫼리케가 그의 시를 모아 출판하기도 했다.

† 1815년 9월 26일, 러시아 황제 알렉산드르 1세와 오스트리아 황제 프란츠 요제프 1세, 프로이센 왕 프리드리히 빌헬름 3세가 파리에서 체결한 동맹. 오스트리아의 반동 정치가 메테르니히는 빈체제 유지를 위해 신성동맹을 이용하여 각국의 자유주의와 민족주의를 탄압했다.

헬름 뮐러*에, (…) 또 터키의 압제에 맞서 싸우는 그리스인의 독립투쟁에 열광했고, 그러면서도 다른 한편으로는 한적한 전원에서 행복을 찾으려 했다." 홀투젠Holthusen은 뫼리케에 대한 책에서 이렇게 말하며 이런 맥락에서 우리에게 루돌프 로바우어†의 유명한 수채화를 상기시킨다. 이 그림은 "뫼리케가 자신이 쓸 아늑한 도피처buen retiro로 마련했던 튀빙겐의 정자에서" 친구들과 함께 "술과 담배를 즐기는" 광경을 보여준다. 당시 혁명에 가담할지 아니면 은신해 있을지 고민하며 흔들렸던 분위기를 분명하게 감지할 수 있는 이 그림에는 그 시절 당국에 대한 반항적 태도로서 유행했던 별난 옷차림을 한 다섯 명의 젊은 남성들이 등불 아래 모여 있는 모습이 보인다. 소매통이 넓은 셔츠며 풀어헤친 옷깃, 르네상스 스타일의 챙 없는 납작모자나 그 밖의 요란한 모자들, 구레나룻, 번개 머리, 독특하게 알이 작은 니켈 테 안경, 반쯤은 옛 독일적이고 반쯤은 현대적인 스타일로 대담하게 꾸며진 이 모든 것은 예로부터 음모를 일삼는 지식인들의 외관상의 특징이었던 듯하다. 당시 크게 유행했던 비밀결사적 스타일이 정말로

* Wilhelm Müller(1794-1827). 당시 사회 비판적인 민중시를 써서 이름을 얻었다. 그는 바이런의 영향을 받아 그리스 독립운동을 적극적으로 지지했다. 슈베르트가 곡을 붙여 세계적인 명성을 얻은 연작시집 『겨울 나그네』『아름다운 물방앗간의 처녀』가 대표작이다.

† Rudolf Lohbauer(1802-1873). 반동적 빈체제에 맞서 언론과 사상의 자유를 위해 투쟁했던 급진민주주의자. 저널리스트와 화가로 활동했다. 뫼리케를 통해서 바이블링거와 교류했다.

호전적인 자유주의를 대변했던 것인지, 아니면 그저 한바탕 연극과 코스튬플레이에 불과했던 것인지는 딱 잘라 말하기 어렵지만, 1820년 이후부터는 해방전쟁의 혁명적 충동이 담배 연기와 취기 속으로 흩어지기 시작했다고 보아도 과히 틀리지 않은 듯하다. 독일에서는 거의 19세기 내내 술집의 테이블이 의회를 대체해버렸다고 할 수 있을 정도였다. 어쩌면 열여덟도 채 되지 않은 뫼리케가, 코체부의 암살자 잔트*에

*아우구스트 폰 코체부(August von Kotzebue, 1761-1819)는 19세기 초 독일 청년들의 자유주의와 민족주의 운동을 비판하는 글을 언론에 발표하여, 독일 각

게 바치는 이른바 전위부대라는 자들의 찬사에서 뭔가 꼬인 가락을 감지했던 것도 이 덕분이리라. 그가 대부분의 사람들보다 훨씬 더 일찍 체념 쪽으로 마음이 기운 것은 분명하다. 바로 이 점에서 뫼리케는, 어느 영웅적인 시대의 숨결을 살짝 맛본 뒤에 바람 한 점 불지 않는 고요한 비더마이어*의 지대로 막 방향을 틀려 했던 한 세대를 대표한다. 그곳은 공론장보다 시민의 사적인 삶이 더 중요하며, 집의 정원 울타리가 그 자체로 하나의 우주를 의미하는 가족적 세계의 경계로 간주되는 곳이다.

지의 학생회가 총 집결한 1817년 바르트부르크 축제에서 그의 책이 불태워지는 등 대학생들의 큰 증오를 샀다. 다수의 극작품을 발표한 작가로 꽤 좋은 평을 받기도 했던 코체부는 독일 문단에서 자리를 잡지 못하고, 나폴레옹의 독일 점령기에 부인의 조국인 러시아에 머물다가 1816년에 러시아의 총영사로 임명되어 독일로 온 상태였다. 이런 행보로 인해 그는 일부 대학생들에게 러시아의 첩자로 비쳤다. 민족주의적 성격의 학생회에 몸담고 있던 신학부 대학생 카를 루드비히 잔트(Karl Ludwig Sand, 1795-1820)는 코체부의 암살을 결의하고, 1819년 3월 23일 그의 집을 찾아가 그를 단도로 살해한다. 잔트는 암살 직후 자진하려 했으나 실패하고, 1년 뒤 교수형에 처해진다. 그는 당대 많은 청년들에게 영웅이자 순교자로 남는다. 이 암살 사건은 메테르니히에게 눈엣가시였던 학생조직을 탄압할 빌미를 제공하여 빈체제에 위협이 되는 모든 조직의 해산과 학원 감시, 언론 규제 등을 결정한 카를스바트 결의안이 통과되기에 이르렀다.

\* 비더마이어Biedermeier는 빈체제 시기 독일과 오스트리아에 만연했던 특정한 부르주아 문화를 지칭하는 개념이다. 시대 개념으로 쓰일 때는 빈 회의가 열린 1815년에서 다시 혁명이 발발한 1848년까지의 시기를 지칭한다. 나폴레옹이 실각하고 복고 왕정이 들어서면서 시민 계층에서는 정치에 거리를 두고 안온한 가정 생활과 전원의 평화로 도피하려는 경향이 나타난다. 독일 문학사에서 비더마이어 문학은 자유와 통일 등 혁명사상을 열렬히 지지했던 '청년 독일파Junges Deutschland'와 대조를 이루는 보수적이고 은둔적이며 소시민적인 성격을 띠는 문학으로 이해된다. 또한 한 세대 앞선 고전주의와 낭만주의 문학의 작풍과 세계관을 계속해서 고수한다는 점에서 전 세대의 아류로 평가받기도 했다.

실내 공간의 평온, 그리고 주변 자연 풍경으로 확장된 안온한 가정 생활은 비더마이어 회화에서 되풀이되는 모티프 가운데 하나이다. 가구가 간소하게 놓인 방, 연둣빛 벽, 깨끗하게 비질된 소나무 마룻바닥, 나인핀스 게임을 하는 아이들, 새장 속의 앵무새 또는 잉꼬새, 창가의 젊은 여자, 저 멀리 항구에 보이는 돛단배, 혹은 더 멀리 생울타리와 들판 너머에 펼쳐진 풍경, 빈Wien 숲의 지맥, 잘 가꿔진 자연. 율리우스 쇼페*가 1817년에 그린 잘츠부르크 풍경화의 전면에는 전망 좋은 곳에 자리한 벤치에 앉아 있는 어느 작은 모임의 남성들, 즉 예술가 자신과 그의 친구들이 보이는데, 그들의 옷차림을 통해 이들이 로바우어가 그린 튀빙겐의 친구들처럼 민족의 진보를 지지하는 정파에 있음을 알아볼 수 있다. 그렇지만 이렇게 훌륭하게 정돈된 전망화에서 손볼 것이 무엇이 있겠는가. 녹색 나뭇잎으로 테두리가 둘러져 있고 위쪽은 화창한 하늘로 덮인 이 전망화는 한 폭의 완전무결한 그림이다. 전망 테라스 아래쪽의 영국식 잔디밭을 닮은 들판에는 어스레한 안개가 은은하게 깔려 있고, 작게 그려진 두 인물이 아이겐성으로 향하는 길을 따라 걷고 있으며, 그 뒤의 평원은 햇살 속에서 빛나고 있고, 공처럼 둥그런 나무들이 긴 가로수 길에 늘어서 있으며, 성 아래에는 도시의 탑과 집 들이 하얗게 미광을 내고 있고, 도시는 넓게 호孤를 그리

---

* Julius Schoppe(1795-1868). 비더마이어 시대의 대표적인 독일 초상화가.

는 푸른 산으로 감싸여 있다. 이와 마찬가지로 뫼리케가 벰 플링거 언덕에서 바라본 슈바벤알프스산도 그 너머에 "어릴 적 그가 시바 여왕*의 달팽이 정원이 있다고 들었던"† 경이 로운 푸른 유리벽으로 보였다. 이 안전하게 경계 지어진 오 르비스 픽투스orbis pictus(가시계)를 한참 동안 들여다보고 있 노라면 여기서 누군가가 시계를 멈추고 "이렇게 영원히 계 속되어야 한다"라고 말하는 모습을 쉽게 상상할 수 있다. 비 더마이어 시대의 상상의 세계는 유리돔 속으로 들어간, 완 벽하게 배열된 미니어처의 세계이다. 그 안에서 모든 것은 숨을 멈춘다. 그 유리돔을 뒤집어놓으면 안에서는 눈이 흩 날린다. 그러면 금방 다시 봄이 되고 여름이 된다. 이보다 더 좋은 질서는 생각할 수 없다. 하지만 이렇게 영원한 평화처 럼 보이는 상태 양옆으로는 점점 급변하는 시대가 야기할 혼돈에 대한 공포가 에워싸고 있다. 청년 뫼리케가 글쓰기 를 시작했을 때, 그는 세기의 거대한 변동들을 겪을 대로 겪 은 뒤였다. 눈앞의 지평선에는 산업화의 참상과 자본 축적 이 초래할 소란, 그리고 새로운 강철 같은 국가권력의 중앙 집권화를 위한 책략이 서서히 그 마각을 드러내고 있었다. 뫼리케가 헌신한 슈바벤 정적주의Quietismus‡는 비더마이어

---

\* 구약성서에 나오는 한 풍요로운 남방 소국을 다스렸다는 전설 속의 여왕. 솔로 몬의 지혜를 시험했다고 한다.

† 뫼리케의 동화 『슈투트가르트의 난쟁이 요정*Das Stuttgarter Hutzel- männlein*』(1853)에 나오는 구절.

‡ 신비주의의 한 경향으로, 인간의 능동적 행위를 단념하고 최대한 수동적이고

예술 전체가 그렇듯이 불길한 결말에 대한 예감 탓에 죽은 듯이 사지가 경직되는 반사 반응 같은 것이었다. 실제로 그 당시의 일상생활은 오늘날 우리가 질시에 찬 눈으로 바라보는 비더마이어의 전원 풍경 속에서보다 훨씬 더 불안정했다. 그릴파르처, 레나우, 슈티프터*의 가족사 어디서나 어두운 심연이 입을 벌리고 있었고 그것은 바로 파산과 몰락, 계층 하락에 대한 공포였다. 또한 도나우강으로 스스로 걸어 들어간 자식들,† 감옥에 갇혀 있거나 정신병원에 갇혀 있는 형제들, 자살, 그리고 매독도 있었다. 목사직을 포기한 후 늘 파산 직전의 상태로 살았던 뫼리케 또한 아무리 늦게 잡아도 부친이 발작으로 세상을 떠난 그의 나이 열세살 때부터 부르주아 사회 속에서의 삶이 얼마나 불안정한 것인지를 잘 알았다. 그를 매양 괴롭혔던 건강염려증과 울화, 늘 입에 달고 다녔던 무기력과 헛헛함, 혼란스러운 우울감, 마비 현상, 갑작스러운 힘 빠짐, 어지럼증, 두통, 또 끊임없이 엄습해오던 알 수 없는 공포감, 이 모든 것은 멜랑콜리에 빠진 그의 마음 상태를 보여주는 증상일 뿐만 아니라, 노동윤리와 경쟁이 격화되는 사회가 영혼에 미치는 영향이기도 하다. 그는 이따금 상태가 너무나도 안 좋아져서 "병든 닭처럼" 혹은 "매사에 다 울음이 터지는 모자란 아이처럼" 쏘다니기도 했

정적인 영혼의 상태를 유지하려는 주의.
* 모두 비더마이어 시대의 대표적인 작가들이다.
† 슈티프터의 양녀 율리아나가 도나우강에서 스스로 목숨을 끊었다.

다. 1843년 뫼리케는 빌헬름 1세에게 올린 사직서에서 최근에 집전한 세례식 도중 자신에게 무슨 일이 있었는지를 묘사한다. 그는 이미 오전 설교를 위해 옆 마을 성직자의 도움을 요청해야 했을 정도로 상태가 급작스레 나빠져서 "교구 전체와 내가 한마음이 되어 내가 언제쯤 졸도할까 기다리고 있었다"라고 쓰고 있다. 특히나 그의 졸도 증세는 독일에서 공고해지고 있던 권력에 대한 무기력한 응수라 할 수 있었다. 그 권력 앞에서 그는 공무를 맡거나, 심지어 민족의 시인이라고 자신을 주장하기가 부쩍 힘들어졌던 것이다. 그는 해가 갈수록 점차 예술 창작의 고됨에서 물러나, 기존에 쓴 소설 수정으로 시간을 보내거나 유머시를 번역하거나 직접 쓰기도 하고, 다수의 즉흥시들도 지었다. 그 시들은 이를테면 볼프 부인*에게 보내는 로르히산産 화분†에 새겨져 있거나, 콘스탄체 하르트라우프‡에게 보내는 유명한 쇤탈식式 피클 조리법에 딸려 보내지기도 하고, 슈투트가르트 가곡회관 개관식의 초대를 받아서 쓰이기도 하는 등, 특정한 계기로 쓰인 것들이다. 이 당시 뫼리케는 제대로 된 글쓰기의 끈이 끊어졌을까봐, 그래서 조만간 침대에 갇혀—예전에 부친이 발작을 겪고 나서 그랬듯이—떨리는 손으로 펜을 부

* 뫼리케가 문학 교사로 재직했던 슈투트가르트의 카타리나 여학교의 교장 카를 볼프Karl Wolff의 부인.
† 뫼리케는 로르히에서 지낼 적에 아직 굽지 않은 도기에 자신의 시와 이름을 새겨 구운 다음 지인들에게 선물로 보내곤 했다.
‡ 뫼리케와 절친했던 빌헬름 하르트라우프의 부인.

여잡고 올바른 표현을 찾으려 애쓰다가 결국 실패하게 될까 봐 자주 두려워했던 듯하다.

내가 아는 한 뫼리케는 내면의 공황에 시달리고 경제적으로 늘 쪼들린 탓에—이 상황은 원래도 그랬지만, 퇴직 목사로 30년을 넘게 살면서 더욱 악화되었다—보덴 호수를 유람한 두 번의 여행과 국경을 넘어서 바이에른을 돌아봤던 한 차례의 소풍을 제외하면 좁은 고향 땅을 벗어나본 적이 없었다. 루트비히스부르크, 우라흐, 튀빙겐, 플로흐메른, 플라텐하르트, 옥센방, 클레버줄츠바흐, 슈배비시 할, 뉘르팅겐, 슈투트가르트, 펠바흐*는 벌써부터 철도 광풍, 주식 투기, 위험천만한 대부 투자, 전반적인 팽창주의로 들썩이던 시대에서 벗어나 있던, 뫼리케가 머물렀던 기착지들이었다. 비더마이어의 고즈넉한 시골은 발전을 거역하고픈 공상에 가까운 꿈을 닮아 있었고, 근본적인 지각변동을 겪으며 전방위로 개방되어가고 있는 세계를 가리는 고운 그림의 병풍과도 같았다. 딱 한 번, 뫼리케도 젊었을 적에 뷔르템베르크 왕국을 벗어나려 한 적이 있었는데, 이는 그가 오페라 소재로 점찍어둔 남태평양의 유토피아 섬 환상극〈오르플리트Orplid〉를 집필하고 있었을 때였다. 작품에 대한 영감은 당시 사람들의 머릿속에서 이미 잊히기 시작한 고귀한 야만인에 대한 이념을 전거로 얻은 것은 아니었고, 그보다

---

* 모두 슈바벤 지방의 시골 지명들.

는 뫼리케가 당시 막 경험하기 시작한 시대, 즉 제국의 새로운 수도 베를린에 '즐거운 단결' '오스트엘비엔'* '알펜란트 [알프스 지역]' '보어인'† 농장과 같은 이름의 주말농장 마을이 들어서던 시대에 대한 예감에서 나온 것이었다. 이 이름들은 모두 에치강부터 벨트해협까지† 뻗어 있는 통일된 조국만이 아니라, 독일령 아프리카, 독일령 타히티를 얻고자 하는 식민주의적 소망의 산물이었다. 뫼리케가 클레버줄츠바흐 혹은 슈배비시 할에서 글을 쓰던 동안 세계의 정세와 규모는 예측할 수 없이 변화했다. 텍사스공화국§의 영사는 슈투트가르트 포도덩굴 언덕에 저택을 짓는가 하면, 뷔르템베르크 왕국은 구시대의 유물로 전락해버렸다. 또 사람들은 커다란 스케일로 생각하는 법을 배워야 했고, 해가 갈

---

* 엘베강 동쪽 동프로이센의 드넓은 평야 지대로 독일 제국 시대부터 반동 보수의 상징과 같은 곳이며, 제2차세계대전 패배로 독일은 이 지역의 상당 부분을 상실했다.

† 남아프리카에 정착한 네덜란드인들을 위시한 유럽인들.

‡ 독일 국가 1절에 나오는 유명한 표현으로, 독일인들이 살고 있는 지역의 남쪽 경계와 북쪽 경계를 지칭한 것이다. 한국식으로 말하면 한라부터 백두까지에 해당될 텐데, 현재는 독일 제국의 패권주의를 뜻하는 말이 되어 금기시되고 있으며, 독일 공식석상에서 국가 1절은 제창되지 않는다. 하지만 이 국가의 가사가 쓰였던 1841년에 '독일Deutschland'은 하나의 국가로 존재하지 않았고, 독일어 Deutsch를 쓰는 사람들의 나라Land라는 뜻으로 썼다. 에치강은 이탈리아 북부에 위치하여 이탈리아에서는 '아디제'라고 부르며, 예로부터 이탈리아와 오스트리아 및 스위스의 경계로 통했다. 벨트해협은 슐레스비히 공국과 퓌넨섬 사이의 해협을 일컫는 지명이다.

§ 멕시코 북동부 지역에 살던 미국인들이 독립하여 세운 공화국. 1836년에서 1845년까지 짧은 기간 존속했다가 미국에 병합되었다.

잘츠부르크 전망,
율리우스 쇼페, 캔버스에 유화, 1817

수록 더할 수 없으리만치 노골적으로 과시되는 기념비주의 Monumentalismus를 위해서 미세한en miniature 작업은 포기해야 했다. 뫼리케의 예술도 이런 시대의 흐름에 영향을 받지 않을 수 없었다. 『화가 놀텐Maler Nolten』은 수백 쪽이 넘는 몹시 복잡한 줄거리가 전개되는 장대한 스케일의 소설을 쓰려는 시도다. 비르기트 마이어Birgit Mayer는 [뫼리케에 대한]

입문서에서 이렇게 쓴다. 젊은 예술가 테오발트 놀텐은 "자신의 옛 하인인 비스펠을 통해서 막 출세한 화가 틸젠을 소개받고 경력을 키우기 위해 (틸젠의) 후원을 받는다. 틸젠을 통해서 놀텐은 체를린 백작의 사교계에 진출하게 되는데, 그는 자신의 약혼자 아그네스의—추정상의—부정에 배신감을 느낀 후 백작의 누이 콘스탄체에게 빠져들고 만다. 이

시점부터 그의 운명은 그의 통제를 벗어나 달음질친다. 아그네스와의 관계는 집시 소녀 엘리자베트가 꾸민 계략에 휘말려 고비를 맞으나, 놀텐의 친구이자 배우인 라르켄스가 손을 써두어—표면적으로는—놀텐의 이름으로 아그네스와의 관계를 원상회복시킨다. 콘스탄체가 이 사실을 알아내고 놀텐으로부터 마음이 돌아서면서 소설은 비극의 정점을 찍는다. 작품의 중간에 들어간 서정시나 그림자극, 그리고 전원 묘사를 통한 이야기 전개의 지연은 임박한 위기를 저지해줄 불안정한 대척점을 이루고 있으나, 그 위기를 완전히 막아주지는 못한다. 줄거리가 계속 전개될수록 소설 속 모든 인물들은 점점 더 불가사의하고 비극적인 의존관계에 얽혀 들어가게 되고, 마지막에 가서는 그들 중 아무도 살아남지 못한다". 극단적인 간명함을 의도했으나 소설이 쌓아올리는 감정과 사회의 복잡한 관계들에 대해서는 조금도 전달하지 못하는 이 내용 요약만 보아도, 뫼리케가 각종 에피소드와 서브플롯, 인물과 간막극들을 잔뜩 채워넣은 이 작업설계도 안에서 길을 잃었다는 것을 알 수 있다. 근시로 고통받는 그의 두 눈은 아주 미세한 사물들에서 뜻밖의 경이를 발견해내는 데 반해, 보다 넓은 파노라마적 풍경으로 향할 때면 시야는 흐려지고, 그가 창조한 인물들을 위해 마련해놓은 운명의 굴곡은 멜로드라마적인 성격 속에 흡수되어버린다. "종이 막 열한 시를 쳤다. 체를린 백작의 저택은 벌써 쥐 죽은 듯이 조용했고, 아가씨의 침실에만 불이 켜져 있

는 것이 보인다. 콘스탄체는 하얀 잠옷 차림으로 혼자 침대
맡 탁자에 앉아 아름다운 머리칼을 풀어헤치고, 귀걸이를
빼고, 언제나 목에 우아하게 걸고 있는 가느다란 진주 목걸
이를 풀어서 내려놓느라 여념이 없다. 그녀는 장난치듯 목
걸이를 새끼손가락에 걸고는 빛을 향해 들어본다. 우리가
그녀의 머릿속을 들여다볼 수 있다면, 그녀는 지금 테오발
트를 생각하고 있다. (…) 그녀는 불안한 마음으로 자리에
서 일어나 창가로 다가가서는, 그녀의 영혼에 일체의 예감
과 고귀함, 그리고 찬란히 빛나는 하늘의 정기를 받는다. 그
녀는 그 남자에 대한 사랑을, 저도 모르게 샘솟은 첫 충동부
터 그것을 완전히 의식한 다음에 아연실색했던 마음까지를,
또 자신의 감정이 어느새 그리움이 되고, 열망이 되었던 순
간부터, 더없이 강렬한 정열의 정점에 오르기까지의 모든
것을 머릿속으로 되새겨보았고 모든 것이 참으로 불가사의
하게 느껴졌다." 다소 수상쩍은 이 대목에 이어서 곧바로 놀
텐의 "거역할 수 없이 타오르는 격정"에 대한 이야기, 또 백
작부인의 회상 장면에서 그녀의 "감각을 얼싸안았던" 사랑
의 "몹시도 달콤한 흥분"에 대한 이야기, 그리고 "세상만사
를 주재하는 운명의 자궁"과 "관능적인 감사의 표현"과 "내
밀한 부탁"에 대한 이야기가 나온다. 뢰리케가 떠올렸을 법
한 친화력*의 고조된 격정 상태는 은연중에 상류사회를 배

---

* 사각관계를 그린 괴테의 소설 『친화력』을 암시.

경으로 하는 통속소설에 우려스러울 만치 가까워지고 말
았다. 더욱이 뫼리케가 그의 서사적 무대 위에 설치한 영지
와 정원의 전경 그림 사이사이에는 유감스럽게도 귀족적 환
경에 전혀 어울리지 않는 슈바벤 출신의 목사가 다소 언짢
은 기색으로, 가히 〈로자문데Rosamunde〉나 〈세 아가씨의 집
Dreimädlerhaus〉에서의 가엾은 슈베르트나 보여줄 법한 그런
방황하는 몸짓으로 이리저리 배회하고 있다. 뫼리케처럼 슈
베르트도 연극 및 오페라를 하루바삐 성공시켜 일시적으로
나마 타인에 대한 재정적 의존 상태에서 해방될 수 있으리
라 기대를 걸었지만 불발에 그치고 말았다. 또 뫼리케의 서
정시에서와 마찬가지로 슈베르트의 음악에서도 그의 천재
적인 표현이 가장 먼저 귀에 들어오는 곳은 그의 실내악에
서 자잘하게 전환이 일어나는 부분이다. 예컨대 그의 마지
막 피아노 소나타 제2악장 시작 부분이나 〈아름다운 물방
앗간 아가씨Die schöne Müllerin〉의 가곡 '사랑의 색깔Die liebe
Farbe'처럼 반음계법이 불협화음으로 영롱하게 반짝이기 시
작하는 저 진정한 악흥의 순간moments musicaux에는 잘못된
조성 변화, 아니 이런 표현이 조금 부적절하다면, 예측 불허
하다고 해야 할 조바꿈으로 돌연 모든 희망을 가라앉히거나
슬픔을 위안으로 바꿔놓는다. 슈베르트가 주로 어울려 다닌
사람들은 모라비아 출신의 시골 악사들이었다고 한다. 그는
부르주아적 문화 강령이 요구하는 위대한 예술을 이룩하려
애쓰기보다는 그들과 함께 지내는 것을 더 편하게 생각했

다. 그건 그렇고 뫼리케가 이 빈 출신의 음악가와 쌍둥이 형제처럼 보이는 초상화가 있다. 두 사람은 동시대에 작업했다. 한 사람은 슈바벤의 사과밭을 바라보면서, 다른 한 사람은 힘멜포르트그룬트*에서, 이미 반쯤 빛바랜 선율의 파편을 가지고 이제껏 존재한 적 없었던 저 진정한 민중의 톤을 되살려내는 듯한 음악 형식과 씨름했다.

---

* Himmelpfortgrund. 슈베르트가 태어난 빈의 한 구역. 직역하면 '천국의 문의 기초'라는 뜻이다.

내 나약한 시선
자꾸만 먼 곳을 향하더니
이별의 그날 밤
고통 속 행복으로 가라앉는다.

너의 푸른 눈은 짙은
호수가 되어 눈앞에 찰랑거리고,
너의 입맞춤, 너의 숨결,
너의 속삭임은 여기서도 귀를 간지럽힌다.

네 목덜미에 울면서
내 얼굴을 파묻는다.
그러자 검보랏빛 그물이
내 눈을 가린다.

　우리가 음악 감상자로서 언제나 저지르곤 하는 실수는 이런 경이로운 선율 속의 언어와 음악이 그것의 가장 자연스러운 전통의 유산을 차용한 결과일 것이라 가정하는 데서 비롯된다. 하지만 그것은 실은 그 작품에서 가장 독창적인 부분이다. 그런 예술을 창조하기 위해 필요한 것이 무엇인가는 여전히 풀리지 않는 수수께끼이다. 분명 미세한 조정과 수정을 가할 수 있는 희귀한 수공예적 솜씨가 필요할 것이다. 그 밖에도 아주 집요한 기억력이 필요할 것으로 생각되며, 또 어느 정도는 연애의 불운을 겪어야 할 것이다. 그것은 뫼리케와 슈베르트, 슈티프터와 켈러와 발저처럼 우리를 위해 가장 아름다운 몇 마디 글을 써준 사람들의 숙명처럼 보인다.

뫼리케의 전 작품에 스위스 떠돌이 여자, 혹은 페레그리나[순례하는 여자]가 유령처럼 배회하는 것은 우연이 아니다. 당시 젊은 시인은 그녀 곁에 남을 용기를 내지 못했고, 그녀를 "침묵과 함께", 그가 회한의 마음으로 쓰듯이 "회색 숲 너머로 멀리" 떠나보냈다. 시민 사회의 규칙에 못 이겨 어쩔 수 없이 사랑을 배신한 대가로―〈페레그리나 Peregrina〉 연작과 다른 작품들 여기저기서 울리는 메아리는 모두 이것에 관한 것이다―그는 평생을 어머니와 누이, 여자친구와 부인과 딸들에 둘러싸여 지냈다. 여성들의 공동체에 갇혀 지내다시피 한 셈인데, 이는 모든 남성들이 근본적으로는 동경하는 모계사회의 악랄한 희화화Travestie와 다를 바 없었다. 내 생각에는 「아름다운 물의 요정 이야기Die Historie von der schönen Lau」*의 주제도 이것으로 보인다. 도나우 삼각주 지역에 살다가 울름 근처의 블라우토프†로 망명 온 물의 요정은 넘실대는 긴 머리칼에 여느 여인과 다를 바 없는 몸을 지녔지만 "딱 한 가지, 손가락과 발가락 사이

---

* 「아름다운 라우 이야기」라는 제목으로 번역되어 『프라하로 여행하는 모차르트』(박광자 옮김, 민음사, 2017)에 실려 있다.
† Blautopf. '파란 사발'이라는 뜻의 석회암 샘.

사이에, 양귀비 꽃잎보다도 보드라운 하얗게 빛나는 물갈퀴가 달려 있다는 점만 달랐다". Schachzagel, Bartzefant, Lichtkarz, Habergeis, Alfanz*와 같은 기묘한, 거의 초현실적인 슈바벤 방언으로 점철된 이 동화에는 가모장적인 인물이 한 명 등장하는데, 그녀는 블라우토프 인근에 위치한 [여인숙] 논넨호프†의 풍채 좋은 여주인인 베타 자이졸핀 부인으로, "편력 중인 가난한 직인들에게 대모로 통했다". 그녀의 정원에는 "가을이면 커다랗고 노란 호박이 연못에 닿을 정도로 주렁주렁 비탈에 매달려 있었다". 정원 바로 옆에는 남자들만 모여 사는 수도원이 있었는데 가끔씩 수도원장이 밖으로 산책을 나와 여주인이 집 정원에 있는지 힐끗거리곤 했다. 그러던 중 한번은 수도원장이 블라우토프에서 목욕하고 있는 부인을 보고 그녀에게 입맞춤으로 인사를 건넸는데, "그 키스 소리가 어찌나 요란했던지 작은 교회탑 종을 때려 메아리로 돌아올 정도였고" 그 일대에 소리가 퍼져 수도원 식당과 마구간, 생선 창고, 세탁실을 통과해 양동이와 대야를 번갈아가며 울렸다고 동화는 이야기한다. 한 쌍의 남녀는 서로 마음이 맞아 가까워졌던 것으로 보인다. 아무튼 뫼리케가 예의상 이야기의 중심 부분을 얼버무리고, 그저 수도원장이 자신이 일으킨 소음에 화들짝 놀라 그 자

---

* 각각 체스 세트, 하인, 재봉봉사회, 윙윙대는 팽이, 이득이란 뜻이다.
† Nonnenhof. 수녀들의 집이라는 뜻.

리에서 허둥지둥 도망쳤다고만 했을 뿐이지만, 그가 묘사하는 저 커다란 뗑그렁 소리로 어떤 이야기를 하려 했던 것인지는 쉽게 상상해볼 수 있다. 울름의 샘가에서 저 두 뚱보에게 찾아온 동화적인 사랑의 행복은 여성과 남성이 배타적인 한 쌍으로 서로에게 결속되기 이전 시대, 즉 우리가 아무 때나 항상 바라볼 수는 없는 저 달처럼 서로가 다른 성<sub>性</sub>의 하늘에 가끔씩만 나타났던 저 까마득한 시대를 암시한다.

「아름다운 물의 요정 이야기」는 알려져 있다시피 슈투트가르트의 어느 젊은 구둣방 직공 제페에 관한 이야기* 속에 액자식으로 삽입되어 있는 짧은 이야기이다. 직공은 어느 날 고향 도시를 떠나 "제일 먼저"―이야기대로라면―"울름까지" 걸어간다. 이야기는 제페가 난쟁이 요정이 물려준 마법의 신발 두 켤레를 뒤섞어버린 일을 중심으로 전개된다. 화자가 우리에게 말해주는 대로라면, 그중 한 켤레는 "어떤 소녀를 지켜주고 그녀에게 점지된" 신발이었다. 신발을 착각한 바람에 그는 여정 내내 무던히도 고생을 한다. 그가 다시 슈투트가르트의 집에 돌아왔을 때, 뒤바뀐 신발은 정해져 있던 원 주인의 발을 저절로 찾아간다. 행운의 신발 한 켤레는 그의 발에, 다른 한 켤레는 그 소녀, 프로네의 발에 신겨져 있다. 덕분에 슈바벤의 두 아이들은 난쟁이 요정의 가호 아래 사전에 연습 한 번 하지 않고도 사육제 축제가

* 『슈투트가르트의 난쟁이 요정』.

열린 날 슈투트가르트의 운집한 군중들 머리 위에서 곡예를 선보일 수 있었다. 그들은 마치 "어릴 적부터 줄타기를 해왔던 양" 참으로 대담하게 움직였다. 화자는 그들의 동작이 "음악에 맞춰 직조되는 고운 거미줄처럼 보였다"고 이야기한다. "제페는 춤을 출 때 그의 발밑의 좁은 길도, 또 사람들도 쳐다보지 않았다. 그는 오직 그 소녀만을 바라보았다. (…) (그리고) 두 사람이 줄의 정가운데에서 딱 만났을 때, 그는 그녀의 두 손을 붙잡았다. 그들은 말없이 서서 서로의 얼굴을 다정하게 바라보았다. 그가 그녀와 어떤 말을 몰래 나누는 것도 보였다. 그런 뒤 그가 돌연 그녀를 훌쩍 뛰어넘더니, 두 사람은 서로 등진 채 춤추며 멀어져갔다. 그는 줄을 묶어놓은 곳에 이르자 잠시 멈춰 서더니, 쓰고 있던 모자를 벗어 흔들며 진심을 가득 담아 이렇게 외쳤다. '자비로운 여러분, 복 많이 받으세요!'—시장 전체에서 다 같이 만세를, 각각에게 돌아가면서 세 번을 외쳤다. 고함 소리에다 칭크*와 북, 트럼펫까지 시끄럽게 울리는 와중에 제페는 반대편 막대 쪽에 있던 프로네에게 달려가 그녀를 두 팔로 꼭 껴안고는 세상 사람들이 보는 앞에서 입을 맞췄다." 우리 사회가 웅크리고 있는 이 심연 위에서 지구의 중력으로부터 벗어난 두 연인이 함께 춤을 춘다는 에로틱한 환상이 충족되는 이 소박한 이야기는, 오랫동안 사랑의 행복을 모르고 살아온 한 남자

---

* Zink. 중세에서 바로크 시대까지 사용된 목관 취주 악기.

가 늘그막에 다시 한번 머릿속에서 펼쳐본 상상의 나래이다. 만약에 그때 그가 (모든 증언에 따르면) 놀랍도록 아름답고 신비로운 떠돌이 여자 마리아 마이어와 함께 집에서 도망쳐 나왔더라면, 그래서 글쓰기라는 사기술─이것은 한번 시작하면 좀처럼 빠져나올 수 없는, 어디까지나 대용代用적인 악

덕이다─과는 다른 또다른 사기술을 좇았더라면, 모든 것이 얼마나 다르게 전개됐을까. 이제 우리는 마지막으로 뫼리케가 어느 무더운 한여름날에 처가 식구들에 둘러싸여 유일하게 혼자 손에 책을 들고 있는 모습을, 그리고 시인이라는 자신의 역할에 그다지 만족스러워하지 않는 모습을 본

다. 그 직업은 성직과는 달리 사직할 수가 없다. 그는 여전히 예전처럼 소설과 잡문을 쓰느라 스스로를 괴롭혀야 했다. 하지만 몇 해 전부터 작업은 더이상 진척될 줄 몰랐다. 화가 프리드리히 페히트*는 이 시절에 뫼리케의 다음과 같은 행동을 여러 차례 목격했다고 이야기한다. 뫼리케는 머릿속에 떠오르는 것이 있으면 그것들을 일일이 특별한 노트나 메모지에 적곤 했다. 하지만 언제 그랬느냐는 듯이 그 초고들을 "갈기갈기 찢어서 자기 파자마 호주머니 속 깊숙이 떨구었다".

---

* Friedrich Pecht(1814-1903). 역사화와 풍경화를 주로 그린 독일의 화가이자 미술평론가.

# 죽음은 다가오고 시간은 지나간다

고트프리트 켈러에 대한 주석

19세기의 어떤 문학 중에도 고트프리트 켈러*의 작품만

* Gottfried Keller(1819-1890). 스위스 태생으로 19세기 독일어권 사실주의 문학을 대표하는 작가 중 한 명이며 '스위스의 괴테'라 불린다. 선반공으로 일하던 아버지를 일찍 여의고 홀어머니 밑에서 어렵게 자란 켈러는 풍경화가가 되려는 꿈을 가지고 뮌헨으로 유학을 떠났으나 쓰디쓴 실패를 맛보고 취리히로 돌아온 뒤 화가의 꿈을 포기하고 시인의 길을 걷는다. 자연시, 연애시뿐만 아니라, 특히 1848년 혁명 전야에 격동했던 자유주의적 애국주의에 크게 영향을 받아 정치적 소네트도 다수 집필한다. 20대 후반에 취리히 주정부의 장학금을 받아 하이델베르크 대학에서 수학하며 포이어바흐의 유물론적 무신론에 깊은 영향을 받기도 한다. 그후 베를린으로 이주한 켈러는 자전적 체험이 반영된 『초록의 하인리히』(1855) 초판을 출판하고 노벨레 연작집 『젤트빌라 사람들』1부를 집필한다. 『초록의 하인리히』 초판에서 주인공 하인리히는 작가처럼 화가로 입신하려는 꿈을 품고 독일 도시로 유학을 가나 결국 실패하고 돌아와 자살하는 결말을 맞는다. 작품을 여러 편 발표했으나 별다른 반응을 얻지 못하고 계속해서 경제적 궁핍에 허덕였던 켈러는 다시 스위스로 돌아와 결국 1861년에 마흔두 살의 나이로 취리히 주정부의 총서기Erster Staatschreiber 자리를 얻는다. 공직 생활로 창작에 짬을 내기 어려웠지만 이 시기에도 작품 활동을 계속 이어나가 그의 대표작들로 손꼽히는 노벨레 연작집 『일곱 개의 전설』(1872)과 『젤트빌라 사람들』(1873-1875)을 발표한다. 1876년 켈러는 작품 활동에 전념하기 위해서 사직서를 제출

큼 오늘날까지 우리 삶을 규정해온 발전의 직선이 그토록 명징하게 그어져 있는 작품은 없다. 켈러가 포어메르츠Vormärz[*] 시대에 글쓰기를 시작했을 무렵에는 새로운 사회계약을 향한 희망이 찬란한 꽃을 피웠고, 민중 지배가 실현될 가망이 있어 보였으며 모든 것이 실제 역사와 달리 이루어질 것만 같았다. 물론 그때도 이미 공화주의의 영웅적인 기세는 얼마간 꺾여 있었으며, 네스트로이[†]가 실컷 풍자 대상으로 삼았던 당파적이고 편협한 촌동네적 성향이 자유사상가들 사이에서도 곳곳에 만연해 있었다. 1845년 요하네스 루프가 어느 잘 편제된 의용군의 출정을 그린 채색 만평화는 어느 면으로나 정치적 극단주의를 보여주는 자료로는 보이지 않는다. 여기에 묘사된 믿음직한 남성들 가운데 무기를 소지한 사람은 고작 둘뿐이다. 한 사람은 용기를 얻으려는 듯 화주 병을 들고 있고, 생쥐를 닮은 다른 기수는 겨드랑이에 장부를 끼고 손에 깃발을 들고 있는데, 깃발에는 운동 전체를 관통하는 라이트모티프로서 거품이 흘러넘치는 맥주잔이

하고 전업작가로 살아간다. 이 시기에 평생의 숙원 사업이었던 『초록의 하인리히』(1879) 개정판을 출판하고 『마르틴 잘란더』(1886) 등의 작품을 발표한다. 1890년 취리히에서 사망한다.

[*] 3월혁명 이전 시대라는 뜻으로, 1830년 프랑스의 7월혁명과 1848년에 유럽 전역에서 일어난 혁명 사이의 시기를 이른다. 주로 '청년 독일파'로 대표되는 정치적 문인들이 활약한 시기이다. 이들은 억압적인 빈체제 아래에서 민주주의와 애국주의를 부르짖었으며, 괴테와 쉴러로 대표되는 '예술 시대'의 종언을 선언하고 문학의 현실 참여를 주장했다.

[†] 요한 네스트로이(Johann Nestroy, 1801-1862). 오스트리아 빈의 민중극장에서 활약했던 희극배우이자 극작가. 세태 풍자로 당시 큰 인기를 얻었다.

수놓아져 있다. 중앙에서 북을 치는 작은 남자는 실린더 모양의 실크해트를 쓴 보기 드문 민간인 고수鼓手로서 켈러 본인이다. 전체적으로 유난히 오합지졸의 인상을 풍기고 어딘가 냉담한 기운이 감돈다. 이 다섯 영웅들이 지금 곧장 바리케이드를 향해 진군한다고 생각하기는 쉽지 않다. "우향우 전-진"이라는 메모가 그림의 왼쪽 위 모서리에 적혀 있는 것도 우연이 아니다. 이들의 우스꽝스러운 등장은 혁명의 실패를 어느 정도 선취한 것이다. 켈러가 1850년에 베를린에서 『초록의 하인리히Der grüne Heinrich』 초고를 작업하느라 책상 앞에 붙어 있을 때, 프로이센에서는 진보와 자유 사상

이 일상의 질서 뒷전으로 밀려난 지 오래였다. 시민 계급은 자신들의 정치적 열망을 청산했고 이제는 경제적 이해관계에만 관심을 집중했다. 물론 그들은 하루 일과를 마치고 저녁이 되면 다른 민족들의 자유 쟁취 투쟁에 열광하기도 했다. 아돌프 무슈크*가 썼듯이, 북독일의 망루에서 바라본 스위스는 "유럽 진보의 피난용 요새" 또는 "민주주의가 유일하게 강탈당하거나 추방당하고 있지 않은 민주주의의 본향"처럼 비쳤던 듯하다. 또한 이곳 스위스에서는, 무슈크가 쓰기를, "3월혁명 이후 제헌의 5월이 이어졌고, 오직 미국과 영국에서만 가능해 보였던 경제적·정치적 민주주의가 국가의 근간이 되는 힘으로 인정받고 있었다". 켈러는 1850년대 중반에 취리히로 돌아와 이 모범적인 공동체를 가까이에서 연구할 수 있게 되자, 국민주권이라는 기본 원칙의 무조건적인 지지자였음에도 이렇게 사적 자유와 정치적 자유를 보장하는 국가조차 피할 수 없었던 역사의 흐름에 대한 회의감에 이따금씩, 아니 갈수록 더 강하게 엄습당했다. 19세기 독일의 걸출한 작가들 가운데 젊은 뷔히너를 제외하면 아마도 켈러가 유일하게 정치적 이상과 정치적 실용주의를 조금이라도 이해했던 작가였을 것이다. 켈러는 이런 이해력 덕분에 개인의 이익과 공동의 이익이 점점 더 배치되어간다는 사실을, 그리고 새롭게 쟁취한 시민적 자유와 권리에서 당

---

* Adolf Muschg(1934- ). 스위스의 작가이자 문학 연구자.

시 막 형성되기 시작한 프롤레타리아트 계급은 사실상 배제되어 있다는 사실을, 또 소설 『마르틴 잘란더*Martin Salander*』에 나오듯, 공화국의 이름이란 민중이 빵과 언제든 바꿔 먹을 수 있는 돌멩이가 될 수 있다는 것도, 그래서 고삐 풀린 자본주의의 시대에 정치적 피로감이 더해가는 상황은 끊임없이 생계 걱정을 안겨주고 그로 인해 중간 계층마저도 불리한 거래를 떠안지 않을 수 없는 형편이라는 것을 꿰뚫어 보았다. 켈러는 시민 계층이 발전해온 역사를, 그 동화적이고 논란의 여지가 많은 시초에서부터 계몽의 시대, 박애주의의 시대, 그리고 자의식 넘쳤던 정치적 시민Citoyen의 시대를 지나 자산 수호에만 혈안이 된 부르주아지에까지 이르게 된 그 역사를 다음과 같은 유명한 장면에서 말하자면 조감법으로synoptisch 압축해 보여준다. 그것은 [무일푼의 떠돌이] 재단사 벤첼 슈트라핀스키가 [부유한] 골다흐의 골목을 어슬렁거리면서 가가호호의 이름들을 읽으며 경탄해마지 않는 장면이다. 제일 오래된 집들은 '순례자의 지팡이' '극락조' '물의 여인' '석류나무' '일각수' '철모' '갑옷' '석궁' '푸른 방패' '스위스인의 단검'이라는 이름을 달고 있었다. 그다음에 지어진 집들은 아름다운 금박의 서체로 '단결' '정직' '사랑' '희망' '정의' '태평'이라는 이름이 새겨져 있었고, 보다 최근에 지어진 공장주와 은행가들의 저택에는 '장미계곡' '제비꽃언덕' '청춘의 정원'처럼 문집에서 곧바로 나온 듯한 환상적인 명칭들, 아니면 '헨리에테의 골짜기'나 '빌헬르미

네의 산성'처럼 결혼할 때 가지고 온 든든한 혼수가 무엇이었는지를 알려주는 이름들이 붙어 있었다. 손이 바늘에 찔린 상처투성이인 [우리의] 재단사는, 화자가 일종의 도덕적인 유토피아라고 명명할 정도로 우리의 좋은 이념들이 어떻게 구체화되어 눈앞에 나타나 있는지 가옥들의 담벼락과 문설주에서 문자 그대로 읽어낼 수 있는 이 작은 도시에서 철저히 소외되어 있다고 느낀다. 지금 십자로十字路에 서서, 저 멀리 나무 우듬지들 사이로 유혹하듯 반짝거리는 탑 꼭대기의 황금빛 둥근 장식을 바라보고 있는 벤첼 슈트라핀스키가 깨닫는 바처럼, 행복과 향락을 약속하는 경제적 번영의 이면에는 사람들이 그토록 쉽게 단념해버리는 자유가 있다. 그리고 또한 노동이 있고, 궁핍과 빈곤이 있으며, 어둠이 있다. 켈러의 세계에서는 그와 같은 유령들이 흔하게 발견된다. 부친의 죽음으로 일찍부터 가난에 길들어 있었던 켈러에게 기본적으로 근검절약하면서 겨우 꾸려나가는 모친의 볼품없는 살림살이는 그의 기억 속에서 사실상 무無로 축소된 삶의 전형이 된다. 초록의 하인리히는 이렇게 쓴다. "지금으로부터 3년도 더 전에 내가 집을 떠난 날, 나의 어머니는 그날로 즉시 살림하는 방식을 아무것도 없이 살아가는 기술로 완전히 바꾸어놓다시피 했다. 어머니는 당신만의 독특한 요리를 하나 개발했는데, 그것은 연년세세, 날이면 날마다 점심때가 되면 사실상 무無에서 타오르다시피 하는, 한 짐의 장작을 영원히 태워 없애지 않는 작은 불 위에 끓여 드시던 일종의 검은 수프였다. 어머니는 늘 혼자서 드셨기 때문에 평일에는 더이상 식탁을 차리지 않았는데, 그건 수고스러워서가 아니라 식탁보를 세탁하는 비용을 아끼기 위해서였다. 대신 어머니는 늘 청결한 상태로 유지하는 소박한 짚깔개에 작은 수프 그릇을 올려두고, 4분의 3 크기로 닳아버린 당신의 숟가락을 수프에 담그면서, 어김없이 모든 사람을 위해, 특히 당신의 아들을 위해 일용할 양식을 기원하며 하느님께 기도드렸다."* 여기서 켈러가 묘사하는 아무것도 없이 살아가는 기술은 거의 성인聖人의 경지, 혹은 성인전설의 경지에 올라가 있다. 그럼에도 이 묘사의 묘하게 아이러니한 어조가 보여주듯이, 어머니가 지금 세상을 지배하는 자본 증식의 원칙에 항거하는 것은 아니다. 오히려 어머니의 모습은 아무리 보잘것없는 수준이라 하더라도 그 원칙을 몸소 증명하는 것이다. 자유방임적 경제 체제에 대한 켈러의 비판은 그렇게 모든 것을 단념하며 아끼고 모은 재산이 다음 세대에게는 죄책감으로 옮겨 새겨짐을 직접 겪었던 경험에서 발단한 것이었지만, 개인적이고 사사로운 르상티망†을 훌쩍 넘어서, 화폐 유통량의 급증에 따라 사회 전체가 타락할 위험이 가일층 증대되는 현실을 겨냥한 것이기도 했다. 소도시의 농부는 대대로 경작하던 땅을 떠나 도시에서 몰락한

---

\* 『초록의 하인리히』 2, 고규진 옮김, 한길사, 2009, 305쪽 참조. 번역 일부 수정.
† 원한, 증오, 질투 따위의 감정이 되풀이되어 마음속에 쌓인 상태.

다. 소설 『마르틴 잘란더』에서 확인할 수 있듯이 도시는 땅
투기, 주식 투기, 대부업, 사기사업이 포도뿌리혹벌레와 콜
레라처럼 유행하는 곳이고 매일같이 수많은 똑똑이들을 바
보로 만들고, 바보들을 무뢰한으로 만드는 곳이다. 바이데
리히, 볼벤트, 샤덴뮐러*라는 이 반쯤은 우의적인 인물들은,
지금 벼락부자가 됐다가도 하루아침에 몰락하기도 하는 극
심한 요동 속에서, 전대미문의 범죄자로 전락할 위기에 처
해있는 한 계급을 대표한다. 마르틴 잘란더는 소설의 마지
막에 [부인에게] 이발소에서 만난 한 남자의 이야기를 전하
며, 그 남자가 이발사가 자신을 면도하고 있는 동안 적어도
네 명의 잘 아는 지인이 이발소 창밖을 지나가는 것을 보았
다면서, "그 사람들 다 현재 친척이 감옥에 가 있는 사람들
이었다고 하네"라고 말한다. 그는 면도하던 남자의 말을 계
속 전한다. "잠깐 면도하고 있는 동안 이런 거면 너무 심하
다는 거지. 더군다나 그 남자는 지나가는 행인을 다 본 것도
아니었대. 이발사가 매 순간 남자의 코끝이나 턱을 만지면
서 얼굴을 이리저리 돌렸거든. 그 남자는 자신이 보지 못했
거나 알아보지 못했던 사람들이 몇 명은 더 있었을 거라고
하더라고. 창 앞에 달린 푸른 철창살 때문인지 지나가는 사
람들의 모습이 흐릿해서 잘 안 보였다고 하니까." 이 일화를
통해 우리는 당시 취리히에서의 삶이 얼마나 불안정했는지

* 모두 『마르틴 잘란더』에 나오는 인물.

를 충분히 그려볼 수 있을 것이다. 마지막에 언급된 시민들의 흐릿한 모습과 창가의 철창살은 불길하게 다가오기 충분하다. 하지만 고약해진 자본주의가 자연환경에 끼치는 영향은 더욱 심각할 수 있다. 우리는 『마르틴 잘란더』의 첫 페이지에서부터 이미 "땅이 쉴 새 없이 개간되어, 원래라면 초원과 정원 사이에 너른 그늘을 드리우고 푸르른 언덕으로 이끌었을 예전 오솔길의 흔적"이라고는 찾아볼 수 없음을 알게 된다. 소설을 조금 더 읽으면, 잘란더의 집 근처 땅에 서 있던 커다란 나무들 가운데 플라타너스 한 그루만 남아 있다는 것도 알게 된다. "집 앞과 옆에 서 있던 그 늠름한 나무들은 다 어디로 갔지? 주인이 나무들을 다 베게 했나, 아님 팔아버렸나, 그 바보가?" 오래 집을 비웠다가 돌아온 마르틴 잘란더가 부인에게 묻자, 부인은 이렇게 설명해준다. "땅 주인이 땅을 뺏겼든지 아니면 거기에 건물 부지를 만들라는 압박을 받았나봐. 다른 땅 주인들 여러 명이 와서 거기에 불필요한 도로 건설을 밀어붙이더라고. 그래서 이제 도로가 나버리고, 무성하니 푸르렀던 나무들도 다 없어져버리고 땅은 모래와 자갈 바닥으로 변해버렸는데, 그 부지를 사겠다고 나서는 사람은 단 한 명도 없어." 그러자 잘란더가 말한다. "제 손으로 환경을 망치다니 몹쓸 놈들 같으니라고." 마치 어제 날짜 신문기사를 읽는 느낌이 든다. 켈러의 중요한 성취 중 하나는 이렇게 자본의 확장이 자연과 사회 그리고 인간의 감정 생활을 결코 되돌릴 수 없게 훼손시킨다는 사실을 일찌감치 통찰했다는 점이다.

프리드리히 엥겔스는 1884년에 발표한 『사유재산의 기원에 대하여 *Über den Ursprung des Privateigentums*』에서 우리의 역사적 기억 이전의, 신화에 싸인 선사시대에 이루어진 모계 중심의 일부다처제 사회로부터 부계 중심의 일부일처제 사회로의 이행이야말로 바로 사유재산의 축적이 시작된 조건이라고 주장한다. 사유재산이란 처음부터 모든 의혹을 제거하는 일부일처제 체계 속 계보를 따라서만 상속될 수 있기 때문이라는 것이다. 오늘날까지도 여러 면에서 매우 그럴듯한 엥겔스의 이 주장처럼 켈러 역시 19세기 중후반부에 들불처럼 무섭게 번지던 고도자본주의에 맞서기 위해 아직 사람들 사이의 관계가 돈에 의해서 규정되지 않았던 저 고대적 이미지 하나를 만들어냈다고 할 수 있지 않을까 싶다. 초록의 하인리히는 유년 시절의 추억들을 회고하면서, 온갖 잡동사니 물건들이 가득 들어찬 어두운 홀에서 자주 시간을 보냈던 소년 시절의 기억을 하나 꺼내놓는다. 그리고 여기서도, 켈러가 고물에 대한 자신의 사랑에 실컷 빠져들 때면 어김없이 그렇듯이, 철 지난 쓸모없고 이상한 물건들이며 온갖 종류의 탁자와 침대와 가재도구가 여기저기 어지럽게 쌓여 있는 풍경과 함께, 이쪽엔 소용돌이 장식무늬 시계가, 저쪽엔 밀랍으로 만든 천사상이 고물 산의 고원과 비탈에서, 때로는 위험천만하게 고독한 산마루에서 어떻게 고즈넉한 사후의 삶을 이어가는지가 비할 데 없이 독특한 방식으로 묘사된다. 지속적인 순환 속에 들어가 있는 자본과 달리, 황혼을 맞은 그 물건들은 교환관계에서 빠져나와 자신의 상품성을 오래전에 상실하고 이제 영면해 있다. 이 고물 왕국을 다스리는 지배자이자 중추가 되는 인물은 고풍스러운 옷차림의 어느 나이 지긋한 뚱뚱한 여성이다. 그녀는 자기 점포의 우중충한 배경을 뒤로하고 늘 같은 자리에 앉아서 조금도 법석을 떠는 법 없이 백발의 작은 남자나 홀에서 흥정하는 한 무리의 다른 신하들을 다스린다. 언제나 그녀는 어디서도 본 적 없는 세련된 솜씨로 소매에 주름 장식을 단 새하얀 블라우스를 입고 있었다. 하지만 꼭 이것 때문에 그녀가 사제처럼 보인 것은 아니었다. 남성 점원과 고객 들이 그녀가 앉아 있는 의자 앞을 오가는 광경 또한 [이곳의] 법과 질서가 그녀의 인격에 의해서 대표되고 있음을 알려주었다. 마치 지방 총독이나 수녀원장에게 그러듯이 "사람들은 그녀에게 다채로운 공물을 바친다. 온갖 농작물과 과실, 우유, 꿀, 포도, 햄, 소시지가 그녀 앞에 바쳐지고, 이것들은 위풍당당하고 풍족한 삶의 밑바탕이 되었다"*라고 켈러는 쓰고 있다. 글을 간신히 읽을 수 있을 뿐 아라비아 숫자로 셈하는 법도 배우지 못한 마르그레트 부인이 그녀의 거대한 책상판에 분필 토막으로 딱 네 가지 서로 다른 로마자를 사용하여 존재하지 않는 장부를 기록하는 모습을 묘사한 대목은 참으로

---

* 『초록의 하인리히』 1, 고규진 옮김, 한길사, 2009, 82쪽 참조. 번역 일부 수정.

기가 막힌다. 그녀는 긴 보초선을 세우고 복잡한 셈법을 거쳐 작은 단위의 큰 액수를 큰 단위의 작은 액수로 바꾸어놓는다. 화자는 그녀의 기호체계가 다른 모든 사람들의 눈에는 꼭 고대의 이교도 문자처럼 보였다고 말한다. 기독교 안에서도 성서 외경과 분파적 사변들에 관심을 보였던 마르그레트 부인은 그야말로 그의 동시대가 이미 도달했던 사회적 발전 단계보다 훨씬 이전의 단계를 대변하는 인물이다. 그래서 부인에게는 자본이라는 개념 또한 완전히 낯선 것이다. 그녀는 벌어들인 잉여가치 중에서 생계비로 쓰고 남는 것은 현금 지갑에서 빼내어 금으로 바꾼 다음 금고에 쟁여둔다. 자본을 그 자체를 위해 놀리는 것은 그녀의 머릿속에서는 있을 수도 없는 일이다. 때때로 그녀는 대부를 주기도 하지만, 이자를 받고 돈을 빌려주지는 않는다. 그러니 천장이 둥근 그녀의 상점에서 우리는 켈러가 그토록 한탄했던, 동향 사람들의 경제적·도덕적 상태에 미치는 화폐시장의 파급력으로부터 아주 멀리 떨어져 있게 되는 것이다. 켈러가 고물상 주인 마르그레트의 초상을 소묘하면서 영리사업보다 물품 거래의 손을 들어준 것은, 그의 주위로 압박해 들어오는 발전에 대한 그의 순전한 반감을 표현한 것이다. 그런데 켈러가 자본주의 이전 시대에 대한 기억으로서 구상한 이야기 속에서, 보통은 금융 거래의 발명자라는 이유로 수백 년간 기독교인들의 원한을 사며 비난의 대상이 되었던 유대인에게 영예로운 자리를 마련해준 것은 그의 남다른 장점이다. 고물 창고가 문을 닫는 저녁이 되면 마르그레트 부인의 자택은 부인에게 호감을 산 동네 주민들과 뜨내기 상인들, 예컨대 물건을 지고 방방곡곡을 유랑하는 유대인 행상들이 드나드는 숙소로 변신한다. 유대인 행상들은 그곳에 그들의 무거운 짐을 내려놓고, 말 한마디나 문서 조각 하나 없이 그녀에게 자신들의 돈주머니를 맡긴 다음, 불가에 서서 커피를 끓이거나 자기들 먹을 생선을 굽는다. 이따금 다른 손님들이 히브리인들이 어린애를 납치했다느니, 우물물에 독을 탔다느니 하면서 히브리인들의 범죄를 화제에 올리거나, 마르그레트 부인까지도 '흑곰' 여관에서 그 정처 없이 떠도는 아하스베루스*가 하룻밤을 보내고 길을 떠나는 것을 보았다고 [진지하게] 주장할 때면,† 유대인들은 이런 흉악한 이야기를 듣고도 온화하고 예의바르게 미소를 지을 뿐, 언짢아하지 않는다. 우매한 기독교도 민족들의 맹신과 어리석음을 보고 유대인들이 지은—켈러가 우리를 위해서 보존해놓은—이 미소 속에 진정한 관용이 담겨 있다. 그것은 자신들의 운명의 흐름을 결정하는 자들에게 괴롭힘당하고 어쩔 도리 없이 인내할 수밖에 없었던 소수자가 보

---

* 형장으로 끌려가는 그리스도를 자기 집 앞에서 쉬지 못하게 하고 욕설을 한 죄과로 그리스도의 재림 때까지 지상을 유랑하는 벌을 받았다는 구두장이. 이러한 "영원히 방랑하는 유대인"의 이미지는 유대인들의 고통의 역사를 상징하면서도 유대인 박해의 근거로 이용되었다.
† 『초록의 하인리히』에서는 마르그레트 부인이 아하스베루스가 떠나는 것을 보려고 흑곰 여관 앞에서 기다렸지만 보지 못했다고 말한다.

이는 관용이다. 유대인의 잘 알려진 관대한 정신에 비하면, 계몽주의의 영향으로 널리 선전되기는 했으나 실제로는 언제나 무력했던 관용의 이념은 허울 좋은 환영일 뿐이다. 또한 켈러의 작품에서 자본이 부리는 횡포와 유대인은 아무런 상관이 없다. 유대인들이 방방곡곡을 힘겹게 돌며 벌어들이는 수익은 곧바로 투자의 순환 속으로 들어가는 것이 아니라, 우선은 보관될 뿐이다. 그래서 그것은 마르그레트 부인이 지키는 보물처럼 동화적인 비축물이 된다. 켈러에게 진짜 금이란 언제나 대단한 노력을 기울여 거의 무에서 자아낸 산물이거나 자연 풍경에 은은하게 어린 반조일 뿐이다. 마구 증식하고 계속 재투자되며, 선한 본능을 모조리 망쳐버리는 자본이야말로 가짜 금이다. 켈러는 일찍이 이 자본의 유혹에 대해서 경고했다. 그래서 그가 죽은 뒤 두 세대도 채 지나지 않아 스위스 은행들이 자행하는 불투명한 영업에 대해서, 또 유대인들의 이루 헤아릴 수 없는 고통의 저당금인 그 돈이 제2차세계대전 이후 스위스 아이들의 요람에 세례기념금화로 놓이는 것을 본다면 켈러가 과연 뭐라고 말할지 궁금해진다.

켈러의 작품에서 유대인들의 역사는 그들을 지배했던 민족들의 역사를 또다른 방식으로 거울처럼 보여주기도 한다. 벼락부자만큼이나 많은 패배자를 양산했던 자본시장의 팽창과 정치적 소요로 인해서 19세기 내내 점차 많은 독일인들과 스위스인들이 이민을 떠나야 했고 디아스포라의 삶으로 내몰렸다. 고물상 주인의 집에 왔던 그 동양의 손님들 정도면 모를까 그들 중 누구도 그렇게 고향을 멀리 떠나가본 적이 없었다. 그래서 페르디난트 퀴른베르거*의 이민자소설에서 독일인들은 미국의 유대인이라 불리기도 한다. 타향에 가서야 그들은 비로소 배제당하고 무시받는 것이 무엇인지 깨닫게 된다. 1848년 혁명이 실패한 뒤 바덴에서만 8만 명이 미국으로 이민을 떠났다면, 이는 당시에 개인적인 실패를 겪은 자나 모험을 즐기는 자들만이 이민자의 전부가 아니었음을 말해준다. 켈러는 이러한 사회의 구조적 문제를 고려하는 데 당시 대부분의 동시대 문인들보다 더 정확했고 더 커다란 공감 능력을 보였다. 하인리히 레[일명 초록의 하인리히]가 외국 땅에서 궁핍을 배워나가는 동안 고향에서 외삼촌은 세상을 떠났고 외사촌들은 어지러운 대로大路의 혼잡 속으로 흩어진 지 오래였다. 레는 그 거리에서 아이들이 옛날에 유대인들이 사막에서 그랬듯이 등뒤로 작은 수레를 끌고 다녔다고, 특유의 반어조로 얘기한다. 초록의 하인리히가 연병장에서 대오를 갖추고 서 있을 때 이민을 떠나는 사람들의 마차가 지나가는 것을 지켜봐야 했던 유명한 장면도 있다. 그때 그의 가슴속 심장은 뒤집어질 듯했다. 마차에 앉아 있던 여자들 중에 그의 어머니, 누이, 애인이 있을

* Ferdinand Kürnberger(1821-1879). 오스트리아 작가. 여기서 말하는 소설은 『미국에 지친 남자』(1855)이다.

죽음은 다가오고 시간은 지나간다  125

수도 있었던 것이다. 그 장은 '유디트[*]도 떠나다'라는 제목이 붙어 있다. 이 장이 안나의 장례 장葬 바로 뒤에 이어진다는 사실은 유디트의 이민이 남겨진 하인리히에게는 사실상 죽음과도 같은 경험임을 시사한다. 실제로 당시 이민자들은 보통 시신이 돼서 돌아오는 경우를 제외하면 거의 집으로 돌아오지 못했다. 마르틴 잘란더처럼 브라질에서 큰돈을 버는 데 성공한 사람들 뒤에는 커피 대농장에서 노동자로 일하지만 아무리 노력해도 고향으로 돌아갈 돈을 충분히 모으지 못한 사람들이 길게 늘어서 있다. 잘란더조차 성공을 위해서 적지 않은 대가를 치른다. 아니면 우리가 콘래드나 나보코프의 자전적인 글을 통해 익히 알고 있듯이, 자신들의 고향 칸톤과 멀리 떨어진 나라들에서 보모나 가정교사직 외에는 일자리를 찾을 수 없었던 혼자 사는 젊은 스위스 여성들을 떠올려볼 수도 있다. 우크라이나의 어느 시골 영지나 상트페테르부르크 교외에서 한 해 한 해를 흘려보낼 때, 자기 방 창가에 앉아 황혼녘의 창밖을 내다보다가 구름이 자욱한 풍경에서 언뜻 눈 덮인 하얀 알프스 산을 보고 있다는 착각이 들 때 그녀들이 느꼈을 쓸쓸함을 생각해보자. 켈러가 헛되이 구애했던 루이제 리터 양도 오랜 시간 파리에 있었고, 더블린의 어느 의사의 집에도 있었다. 그리고 또 얼마나 많은 여성들이, 발저의 누이들에 이르기까지, 어디로 흘

[*] 『초록의 하인리히』에서 소년 시절 하인리히와 서로 좋아하면서 육체적 사랑을 알려준 연상의 여성.

126

러갔는지는 아무도 모른다. 켈러 본인은 이미 뮌헨과 베를린 시절에 타향살이의 쓴맛을 충분히 보았다. 그래서『초록의 하인리히』의 한 장章 이상의 분량을 차지하는 고향 꿈은 아름다움과 두려움으로 고르게 채워져 있다. 그는 지팡이에 기대서서 멀리 떠나는 자기 자신을 본다. 그때 저 멀리, 자신이 걷는 길과 교차하는 끝 간 데 없이 긴 거리에서 오래전에 작고한, 등에 무거운 배낭을 멘 아버지가 보인다. 켈러가 묘사하는 이민은 이 세계에서 한 발짝만 나가면 있는 연옥이다. 한번 그곳에 발을 들이면, 자신이 속했던 곳은 영원히 낯설어진다. 초록의 하인리히가 꿈에서 드디어 다시 집에 돌아와 어릴 적 연인의 손을 잡고 계단을 올라갔을 때, 그는 집 안에 자신의 일가친척이 모두 모여 있는 것을 보게 된다. 외삼촌, 외숙모, 외사촌들, 그리고 살아 있는 사람들 속에는 죽은 자들도 섞여 있다. 이들은 모두 하나같이 입가에 기쁘고 다정한 미소를 띠고 있지만, 그들의 환영은 살가운 느낌과는 거리가 멀다. 특이하게도 거기 있던 사람들은 모두 길쭉한 파이프로 향이 좋은 담배를 피운다. 이 경계의 왕국에서는 다른 예의범절이 지배한다는 것을 보여주는 신호일지도 모른다. 그들은 잠시도 가만히 있을 수가 없어서 위아래로, 앞뒤로 계속해서 돌아다녀야 하고, 또 아래쪽 바닥에서는 사냥개, 담비, 매, 비둘기 같은 여러 동물이 사람들과 반대 방향으로 움직이고 있는데, 이런 기묘하고 불안한 움직임은 그 가련한 망자들이 얼마나 심란해하고 자신들의 운명에 만족하지 못하는지 능히 짐작게 한다. 바로 이런 움직임처럼 이민자의 귀향 또한 너무 이르게 찾아온 죽음과 같다는 두려움을 켈러가 한번은 단박에 뛰어넘으려 한 장면이 있다. 바로 초록의 하인리히가 한밤의 독일을 통과해서 고향으로 향하는 여정을 보여주는 그의 저 방랑자 환상이 그것이다. "나는 숲을 뚫고 지나 경작지와 목장을 걸었고, 길과 멀리 떨어진 곳에서 희미한 윤곽이나 어렴풋한 빛이 보이는 마을을 지나갔다. 자정 무렵이 되어 꽤나 널찍한 마을 공유지를 지날 때는 깊은 정적이 대지를 감쌌다. 서서히 움직이는 별들이 가득한 밤하늘은 보이지 않는 철새 떼가 공중에서 날갯소리와 함께 울며 날아갔기 때문에 더욱 활기를 띠었다."*

켈러의 산문이 모든 살아 있는 생명에게 무조건적으로 우호적인 태도를 취하기는 하지만, 그래도 특히나 영원의 테두리를 더듬어 나아갈 때야말로 자신의 가장 기막힌 정점에 도달한다는 사실이 바로 이 부분에서 드러난다. 한 문장, 한 문장 우리 앞에 펼쳐지는 그의 산문의 아름다운 궤도를 따라 움직여본 사람은 그 산문이 어느 방향으로나 얼마나 그윽한 심연으로 떨어지는지, 또 어떻게 한낮의 햇살이 저 멀리 바깥에서 드리워지는 그림자에 가려 흐릿해지다가 죽음의 암시와 더불어 사라지게 되는지 번번이 전율 속에서 느

* 『초록의 하인리히』 2, 411쪽 참조. 번역 일부 수정.

이상적인 수목풍경,
고트프리트 켈러, 1849

끼게 된다. 켈러 작품의 숱한 대목들이 그가 바로크적 무상성의 시인임을 입증해 보일 수 있을 것이다. 이를 위해서는 초록의 하인리히의 여행가방 속에 들어 있는 츠비한의 방랑하는 두개골*이나 그라이펜제 호수의 태수†의 탁자 위에 서 있던 '작은 사신死神'을, 또 자신의 거의 모든 이야기 속에 자그마한 보물상자를 삽입해놓고야 마는 시인의 수집벽을 떠올려보기만 하면 된다. 그런 상자들에는 17세기의 광물진열장이나 보석함처럼 야릇하기 짝이 없는 유품들이 수집되어 있는데, 이를테면 "예수의 수난 장면이 새겨진 버찌 씨, 작은 거울과 은빛 골무가 들어 있는, 체눈 세공을 하고 빨간 호박단으로 안을 댄 상아 상자, 그 밖에도 (…) 조그마한 볼링공이 딸랑거리며 달려 있는 또다른 버찌 씨, 껍데기를 열면 유리 안쪽으로 작은 성모마리아상이 누워 있는 호두, 향기 나는 스펀지를 채워넣은 심장 모양의 은 제품, 뚜껑에는 딸기가 그려져 있고 안에는 물망초 모양의 목화솜 위에 금제 시침핀이 놓여 있는, 레몬 껍질로 만든 사탕 상자, 머리카락이 담긴 기념 펜던트, 요리법과 비법 들이 적혀 있는 누렇게 바

---

* 하인리히가 골상 연구를 위해 교회 묘지에서 가져온 두개골. 자신의 신원을 제대로 인정받지 못하여 자기 집안에서 하인으로 일하며 여생을 보내야 했던 알베르투스 츠비한이라는 사람의 두개골로 추정된다. 하인리히는 독일의 큰 도시로 그림 유학을 갈 때 이 두개골을 챙겨 갔고, 이후에 빈털터리 신세로 다시 귀향해야 했을 때에도 그 두개골을 버리지 못하고 다시 챙겨 온다. '방랑하는 두개골'은 『초록의 하인리히』 4권 8장의 제목이기도 하다.
† 『취리히 노벨레Züricher Novellen』에 실린 한 이야기의 제목이자 동명의 주인공.

랜 종이 꾸러미와 액체 위장약이 든 작은 병, 작은 향수병,
사향이 담긴 상자, 또 담비가 뿜어낸 향긋한 분비물이 조금
들어 있는 또다른 상자와 향기 좋은 야자수를 엮어 만든 작
은 광주리, 유리 구슬과 정향나무를 엮어 만든 작은 바구니,
마지막으로 하늘색 물결무늬가 새겨진 종이로 제본하고 절
단면을 은빛으로 처리한 『신부, 아내, 어머니가 될 처녀를
위한 황금 같은 인생 지침서』라는 제목의 작은 책과 꿈풀이

소책자, 모범 서간문집, 연애편지 대여섯 통, 사혈 시술자가 사용하는 사혈침**ᵃᵇ 따위의 것들이다. 우리는 이 모든 것을 세 명의 의로운 머리빗 제조공의 이야기에 나오는 취스 뷘틀린 소유의 래커칠된 상자 속에서 발견한다. 볼프강 슐뤼터Wolfgang Schlüter는 수집가로서의 벤야민에게 헌정한 에세이에서 이 상자를 소우주적인 실내장식이라고 부른다. 우리가 우리의 짤막한 생애 동안 손수 만들고 모아놓은 쓸모없는 물건들을 만지작거리는 바로크 판타지가 그 자체로 이미 일종의 죽음을 탐하는 유행이었다면, 켈러가 우리에게 보여주는 어느 스위스 아가씨의 상자세계 속에 간직된 그 환상은 볼프강 슐뤼터가 쓰고 있듯이, 놀리는 듯하면서도 신중한 서사적 태도에 의해 규정되어 있다. 그리고 슐뤼터가 마찬가지로 언급하고 있듯이 그 서사적 태도가 자신의 아이러니적 성격을 획득하는 방식은 사물과의 거리두기가 아니라, 가장 근접한 거리에서 바라본 지나치게 선명한 이미지들을 통해서이다. 그래서 켈러의 예술적 영감이 아무리 그의 내면에서 의심의 여지 없이 일렁이고 있는 바로크적 기질에서 나온다고 하더라도, 켈러를 때늦은 혹은 감춰진 사순절 설교자로 바라보려는 시도는 잘못된 것이리라. 켈러의 무상성 철학의 아주 독특한 특징은 바로 그 철학을 감싸는 명랑한 광채다. 그 광채는 그가 취리히 주정부 장학생으로 하이

---

* 고트프리트 켈러, 「정의로운 빛 제조공 세 사람」, 『젤트빌라 사람들』, 권선형 옮김, 창작과비평사, 2014. 번역 일부 수정.

델베르크 대학에서 수학할 적에 그곳 무신론자들의 학파에서 배운 특수한 형식의 세속적 경건함Weltfrömmigkeit에서 뿜어져나오는 것이었다. 켈러에게 종교의 후견을 받는 것만큼 견디기 어려운 것은 없었으며, 불쌍한 메레트라인*을 매로 다스려 올바른 기독교도 아이로 만들려 한 편협한 신앙심만큼 거슬리는 것은 없었다. 지난 수백 년간의 믿음의 감옥으로부터의 해방은 그가 가장 힘겨운 시간 속에서도 보았던 빛을 있게 하는 것이다. 초록의 하인리히가 오래전에 세상을 떠난 그의 친척 동생 안나†에게 바친 애도사보다 더 밝은 애도사는 쓰인 적이 없을 것이다. 하인리히는 목수가 안나를 위해서 방금 만든 관을 경석 가루로 윤을 내던 모습을 술회한다. "관은 눈처럼 하얗게 되어 사과꽃의 색조를 띠면서 전나무 목재의 불그스레한 기운은 조금도 비쳐 보이지 않았다. 그것은 색이 칠해지고 금가루를 입혔을 때 또는 놋쇠 장식이 박혔을 때보다 훨씬 더 아름답고 고귀해 보였다. 목수는 관의 머리 부분에 관습대로 미닫이 뚜껑이 있는 창을 만들었는데, 그것을 통해서 사람들은 관이 내려질 때까지 얼굴을 볼 수 있었다. 이제 창유리를 끼워넣어야 했는데 우리가 그것을 잊는 바람에 나는 유리를 가지러 집으로 갔

---

* 메레트라인은 하인리히 레의 고향 마을에서 마녀로 몰려 목사의 학대에 가까운 가르침을 받다가 죽은 소녀의 이름이다.
† 정확히 말하면 안나는 하인리히의 외숙모의 오빠의 딸로, 하인리히가 10대 소년 시절 숭배했던 소녀다.

다. 나는 오래전부터 그림이 들어 있지 않은 작고 낡은 액자 하나가 벽장 위에 있다는 것을 알고 있었다. 나는 잊혔던 그 유리를 조심스럽게 나룻배에 싣고 되돌아왔다. 직공은 숲속을 돌아다니면서 개암나무 열매를 찾고 있었다. 그러는 동안 나는 유리가 창에 잘 맞는다는 것을 확인했고, 유리에 먼지가 잔뜩 끼어 흐릿했기 때문에 맑은 시냇물 속에 담가 돌멩이에 닿아 깨지지 않게 조심하면서 씻었다. 그런 다음 그것을 들어올려서 맑은 물이 흘러 떨어지게 했다. 그런데 이 반짝이는 유리를 해가 있는 쪽으로 높이 치켜들고 비춰보는 순간 나는 지금껏 내가 본 것 가운데 가장 사랑스러운 경이를 보게 되었다. 음악을 연주하고 있는 세 명의 소년 천사의 모습을 보았던 것이다. 가운데에 있는 천사는 악보를 들고 노래하고 있었고 다른 둘은 고풍스러운 바이올린을 켜고 있었는데 모두 기뻐하며 경건하게 하늘을 바라보고 있었다. 그러나 이 모습은 너무나 희미하고 어렴풋하게 비쳐서 나는 그것이 태양빛 속에 있는 것인지, 유리 속에 있는 것인지, 그도 저도 아니면 단지 내 공상 속에 떠다니는 것인지 알 수 없었다. 유리판을 움직여보면 일시적으로 천사들의 모습이 사라졌지만 다른 방향으로 돌려보면 갑자기 다시 천사들이 보였다. 이러한 일을 겪고 난 이후에 나는 수년간 유리 액자 속에 그대로 끼워져 있는 동판화나 스케치는 그 긴 세월 동안 어두운 밤이면 유리에 자신의 모습을 전한다는 것을, 말하자면 유리 속에 자신의 거울상과 같은 것을 남긴다는 것을 알게 되었다."* 이 장에서 하인리히가 자신의 삶에 나눠주는 위안은 그렇게 보이는 바와 달리 천상의 지복과 아무런 관계가 없다. 경건하게 위를 바라보는 천사는 그저 허상에 불과하고, 기적이 있다고 눈속임하는 가상의 장식 그림일 뿐, 실상은 화학적 반응의 결과에 지나지 않는다. 대신 켈러에게 죽음과의 화해는 전적으로 현세에서 이루어진다. 일이 제대로 잘 치러질 때, 전나무의 미광이 눈처럼 반짝이는 순간에, 유리를 들고 조용히 나룻배로 호수를 건널 때, 천천히 들춰지는 상중喪中의 베일을 통해 세계를 지각할 때, 그 어떤 초월성으로도 탁해지지 않은 하늘과 빛과 깨끗한 물의 아름다움 속에서.

켈러의 소설들에서 구원을 향한 동경이 가장 또렷하게 나타나는 지점이 바로 자신의 경험과는 배치되지만 그가 언제나 되풀이해서 상상해보았던 사랑의 완성 장면이라는 사실은 현세의 삶에 확고한 믿음을 보내는 그의 성향과 합치를 이룬다. 그렇게 초록의 하인리히는 유디트와 밤을 보내면서, 그녀 옷자락의 살랑거리는 소리에 탐욕스럽게 귀를 기울이고, "숲의 유령과 나란히 걷는 겁 많은 나그네와도 같이"† 그녀를 쉴 새 없이 곁눈질해야 했다. 이런 하인리히처럼 켈러도 글을 쓸 때면 항시 자신에게 미지의 존재이자 오

---

* 『초록의 하인리히』 2, 83~84쪽 참조. 번역 일부 수정.
† 『초록의 하인리히』 1, 442쪽 참조. 번역 일부 수정.

직 환각 속에서만 정말로 친밀해질 수 있는 여자라는 존재를 주시했다. 켈러가 그토록 헌신적으로 묘사한 합일의 장면들은 세계문학의 가장 아름다운 장면들 중의 하나일 뿐만 아니라, 그 장면 속에 들어 있는 사랑의 소망이 경직된 남성적 시선으로 보면 잘 드러나지 않는다는 점에서 아주 독특한 매력이 있기도 하다. 특이하게도 켈러 작품에서 진짜 사랑하는 자는 대개 반쯤 아이로 나온다. 가령 긴꼬리원숭이 털옷 차림으로 극장에 갇히는 장면에서의 어린 레처럼 말이다. 레는 메피스토펠레스 망토도 걸쳐보고, 은은한 달빛을 받으며 무대 위에 종이로 지어진 바스락거리는 근사한 것들 사이를 돌아다녀도 본다. 그러고는 무대에 쳐져 있던 장막을 올리고 움푹 꺼져 있는 오케스트라석에서 팀파니를 조금씩 살살 쳐보다가 점점 더 크게 소리를 울려본다. 마침내 진짜 천둥소리가 어두컴컴한 객석을 흔들어댄다. 그러자 방금 전까지 무대 위에서 숨이 끊어졌었던 아름다운 여배우가 깨어난다. "그것은 내가 마지막으로 보았던 모습 그대로의 그레트헨이었다"라고 레는 자신의 긴꼬리원숭이로서의 모험을 추억한다. "나는 머리 꼭대기부터 발끝까지 전율했고 벌벌 떨며 이를 맞부딪치고 있었다. 그러나 동시에 행복한 놀라움의 느낌이 내 온몸을 번개처럼 강렬하게 꿰뚫으며 내 마음을 타오르게 만들었다. 분명 그것은 그레트헨이었다. 멀리 떨어져 있어서 그녀의 얼굴 생김새를 식별할 수 없었기 때문에 그 모습이 더 유령처럼 보였음에도, 그것은 분명 그녀의 정령이었다. 그녀는 신비스러운 시선으로 홀을 유심히 살펴보는 것 같았다. 나는 몸을 일으켰고 보이지 않는 억센 손이 끌어당기기라도 한 듯 앞으로 이끌렸다. 귀에 들릴 만큼 고동치는 심장을 안고 한 걸음마다 한숨을 돌리며 의자를 넘어 무대 앞쪽으로 걸음을 옮겼다. 모피로 덮어씌운 복장 덕분에 발소리가 들리지 않았기 때문에 프롬프터가 들어 있는 상자를 기어올라 최초의 달빛이 내 이상한 복장에 줄무늬를 만들 때까지 그 사람은 나를 알아채지 못했다. 나는 그녀가 무서워하면서 반짝이는 두 눈을 나에게 고정시킨 채 놀라 (…) 멍하게 뒷걸음치는 모습을 바라보았다. 나는 조용히 한 걸음 더 다가가 다시 멈춰 섰다. 나는 눈을 크게 뜨고 떨리는 두 손을 위로 들어올린 채 기쁨에 겨운 용기의 불꽃이 내 온몸을 관류하여 활활 타오르는 순간 유령을 향해 돌진했다. 바로 그때 그 유령이 명령조로 '멈추지 못해, 이 쪼그만 게, 넌 뭐야?'라고 외치고는 나를 향해 팔을 뻗으며 위협했다. 나는 마법에 걸린 듯 그 자리에서 꼼짝하지 못했다. 우리는 서로 뚫어지게 쳐다보았다. 나는 이제 그녀의 얼굴을 알아볼 수 있었다. 그녀는 하얀 잠옷을 입고 있었다. 드러난 목과 어깨는 밤에 보는 눈처럼 부드럽게 빛났다."*
아돌프 무슈크는 켈러가 느꼈던 사회적·육체적 열등감을 극복하기 위해서 이런 기적의 환대가 필요했다고 논평한

* 『초록의 하인리히』 1, 138~139쪽 참조. 번역 일부 수정.

다. 극장 장면은 바로 그런 기적을 우리에게 보여준다. 여배우는 긴꼬리원숭이의 가면을 벗기더니, 그 원숭이를 껴안고 여러 번 입맞춤한다. 그녀가 그뒤 그에게 말했듯이, 아이는 언젠가 어른이 되면 다른 이들처럼 그리되겠지만 아직은 그런 놈팡이가 아니기 때문이다. 그레트헨은 긴꼬리원숭이를 데리고 침대로 들어간다. 거기서 두 사람은 조용히 잠이 든다. 그녀는 왕의 벨벳 망토를 몸에 돌돌 감고, 하인리히는 갖고 있던 모피 속으로 들어간다. 그건 "마치 석조石彫 기사가 온몸을 쭉 펴고 누워 있고, 그의 발치에 충성스러운 개가 자리를 잡고 있는" 저 고대 묘석처럼—서술자가 말하듯—제법 기분 좋은 것이었다. 여기서 펼쳐지고 있는 상상은, 절정에 다다른 행복의 순간에 일어난 신체의 경직이다. 그것은 어떤 형벌이나 저주가 아니라 지복의 순간이 영원토록 계속되기를 바라는 희망의 표현인 석화石化이다. 이와는 또다른, 역시 만만치 않게 정적인 결말은 스위스로 흘러들어온 폴란드 재봉사의 운명으로 예비되어 있는 듯 보인다. 그는 자신의 도펠갱어Doppelgänger가 등장하는 바람에 자신의 비밀이 탄로나자 온몸이 수치로 화끈거려서 겨울밤에 바깥으로 나간다. 그리고 얼마 지나지 않아 "실컷 마신 독주의 취기와 원한에 사무친 어리석음"에 두들겨맞은 듯 길가에 쓰러진다. 그는 "사각사각 내리는 눈 위에서, 얼음 같은 동풍이 불어오기 시작할 때" 그만 잠이 든다. 이후 벤첼 슈트라핀스키가 죽음의 문턱에서 어떻게 구출되는지에 대한 켈러의 이야기는, 시민문학의 에로틱한 관습과 정면으로 맞서는 방식으로 흘러간다. 클라이스트부터 슈니츨러에 이르는 노벨레 문학에서는 보통 남성 주인공들이 의식을 잃거나 생명이 다한 여성의 육체에 음침한 욕정이 동하여 그 위로 자신의 몸을 굽히는 경우가 다반사라면, 켈러의 작품에서는 한밤중에 내리는 눈 속에 아름답고 고귀하게 누워 있는 재봉사의 육신을, 그의 늘씬하고 탄력 있고 단단하게 죄인 (의미심장하게도 그렇게 표현되어 있다) 사지를 거리낌 없이 더듬어볼 수 있는 주체는 여성의 시선이다. 네트헨이 반쯤 죽어 있던 재단사의 몸을 열성적으로 문질러 그를 깨우고 마침내 그를 다시 천천히 일으켜세우는 장면에서 켈러의 성적인 동경이 사회에서 부여한 성역할의 전복을 지향한다는 점이 분명해진다. 아마도 그래서인지 그다음 대목에서 벤첼 슈트라핀스키가 군대에 갔을 때 경기병 부대에 복무했고, 그래서 20세기 초까지도 여성들에게 대단한 선망을 샀던, 이상적인 남성성의 상징으로 통했던 저 화려한 색깔의 제복을 입었다는 사실을 우리에게 알려준다. 켈러의 여성적 에로스와의 동조가 어디에서 연유했는지 확실히 설명할 수는 없다. 벤야민의 생각으로는 "켈러의 처연한 평정심은 그의 내면에서 여성성과 남성성이 이루는 심오한 균형을 지켜내려는 노력"이었고, 이는 동시에 시인의 외관에도 배어 있었다. 이런 맥락에서 벤야민은 초기 그리스에서의 남성 같은 여성의 전형의 역사에 대해 몇 마디 논평을 덧붙이면서, 수염 난 아프로

디테인 아프로디토스를 언급하기도 하고, 아르고스의 여성들에 대해서도 우리의 주목을 요청하는데, 이 여성들은 혼례를 치르는 밤에 자신을 수염으로 치장하는 관습이 있었다고 한다. 요한-잘로몬 헤기*가 스물한 살의 켈러를 그린 스케치를 요모조모 뜯어보면, 잠자느라 감긴 눈꺼풀과 기다란 속눈썹, 몹시도 관능적인 입술이 보이고, 그러한 양성적인 얼굴에 대한 표상이 "그 어떤 것보다도 우리를 시인의 얼굴로 가까이 데려간다"는 벤야민의 주장에 동의하게 될는지도 모른다.

켈러의 연애사가 폴란드 재봉사의 연애담처럼 그렇게 늘 좋게 (또는 절망적으로) 끝난 것은 아니다. 재단사의 경우

---

* Johann-Salomon Hegi(1814-1896). 스위스의 풍경화가이자 만평가.

그는 행복하게 구조된 뒤에도 오랫동안 꿈꿨던 것과는 전혀 다른 기나긴 사회생활을 한참 더 이어나가야 했다. 가장 시시한 탈출구조차도 허락되지 않았던 마을의 아이들 잘리와 브렌헨*의 경우에는 정말로 죽음 속으로 들어갔다. 소풍을 다녀온 그들이 이미 낯설어진 고향에서 자신들의 신혼 침대로 발견한 건초선은 소설이 막바지로 치닫으면서 강물에 떠내려간다. 배는 강물을 헤치고 나아가 계곡에 다다르자 천천히 선회한다. "강물은 곧 높고 컴컴한 숲속으로 흘러들어가 짙은 그늘에 덮였다가, 곧 탁 트인 들판으로 나아간다. 조용한 마을을 지나는가 싶더니, 또 어느새 외딴 오두막을 지난다. 때로는 배가 거의 멈춰 설 정도로 잔잔한 호수와도 같은 고요 속에 잠기기도 하고, 때로는 바위들을 굽이돌며, 잠들어 있는 강변을 깨우기도 한다. 먼동이 트자 은회색 강물 속에서 탑들이 솟아 있는 도시 하나가 떠오른다. 저무는 금빛의 붉은 달은 강에 반짝이는 뱃길 하나를 놓고, 이 뱃길을 따라 배가 옆으로 천천히 떠내려간다. 배가 도시에 가까워지자, 서리가 내린 가을 아침에 서로를 꽉 껴안고 있는 두 사람의 창백한 형체가 어두컴컴한 물체를 떠나 차가운 강물 속으로 미끄러졌다." 멈추다, 흐르다, 떠오르다, 잠기다, 미

---

* 켈러의 노벨레 「마을의 로미오와 줄리엣」에서 서로 사랑하는 사이지만 집안 싸움으로 인해 비극적인 죽음을 맞이하는 소년, 소녀이다. 켈러는 셰익스피어의 『로미오와 줄리엣』의 소재를 19세기 스위스의 한 마을로 옮겨와, 19세기 시민사회의 전원이 어떻게 물질적 욕구로 인해 파괴되는지를 보여준다.

끄러지다. 이 단락에서 이리 돌고 저리 도는 건초선과 문장의 움직임으로 완성되는 육체적 사랑의 은유를 쌓아나가는 것은 이러한 동사들이다. 그 사랑은 적어도 문자의 세계에서는 그들의 운명을 결정할 수 있는 켈러가 아이들에게 그들의 마땅한 몫으로 남겨준 것이다. 물론 작가 자신은—우리에게 알려져 있는 한—그러한 성취를 단 한 번도 경험한 적이 없었다. 켈러는 사랑에 대한 깊은 갈증과 무한히 사랑할 수 있는 능력을 타고났던 것으로 보이지만, 그의 삶은 처음부터 늘 거절과 상심으로 각인되어 있었다. 그가 구애했던 여인들은 선천적으로 짧은 그의 다리를 눈감아줄 수 없었다. 리터 양도 그랬고, 켈러가 베를린에서 말을 타고 넓은 대로를 지나는 모습을 보고 무척이나 감탄했던 그 아름다운 라인란트 지방 출신의 여성도 그랬으며, 하이델베르크에서 활동하던 여배우 요한나 카프*도 그랬다. 켈러와 인생을 함께할 각오가 되어 있었던 유일한 여성이었던 루이제 샤이데거는 약혼을 하고 몇 주 지나지 않아 헤어초겐부흐제 마을의 샘에 스스로 빠져 죽었다. 그의 우울한 시기에 켈러는 이 죽음을 그가 자신의 불균형한, 허리 밑으로 제대로 발달하지 못한 신체를 부끄럽다고 생각한 탓에 자신이 사랑한다고 고백한 여자들을 불행으로 밀어넣었음을 보여주는 하나의

---

* Johanna Kapp. 하이델베르크 대학 철학교수 크리스티안 카프의 딸. 독일의 풍경화가 베른하르트 프리스에게서 그림을 배웠으며 예술적으로 재능이 뛰어났다. 포이어바흐와 내연 관계임을 켈러에게 털어놓았다고 전해진다.

증거로 여겼던 듯하다. 하이델베르크의 여배우도 정신착란 속에서 죽었다. 취리히 중앙도서관에는 켈러가 그린 작은 수채화 한 점이 소장되어 있다. 어느 이상적인 수목 풍경을 보여주는 그 그림은 포이어바흐 서클에 속했던 화가 베른하르트 프리스를 거쳐 요한나 카프에게로 넘어갔는데, 그녀는 병을 앓을 당시 이 그림 아래쪽의 약 사분의 일 정도를 섬세한 가위질로 오려내버렸다. 그녀가 대체 무엇 때문에 이렇게 대담한 절제수술을 시행해야 했는지, 또 그렇게 절단된 작품을 다시 요한나의 유품에서 돌려받은 뒤에 켈러가 느꼈을 기분이 어떤 것이었을지 우리는 알지 못한다. 하지만 그가 투명에 가까운 풍경 너머로 확 트인 하얀 눈밭과 같은 여백이 미술에서의 색채의 경이보다 더 아름답다 생각했을지도 모를 일이다. 아무튼 정신질환을 앓던 요한나가 가위로 잘라내어 열어준, 순수한 무로 이루어진 저편에 대한 전망과 대칭을 이루는 이미지는 초록의 하인리히가 어느 날 우울감이 엄습하여 큰 판지에 그리기 시작한 거대한 낙서다. 그는 그후 며칠을 계속해서 셀 수 없이 많은 선을 그어댔고, 결국 도화지 전체가 어마어마한 회색 거미줄로 덮이다시피 했다. 하인리히는 이렇게 쓰고 있다. "얽히고설킨 이 그림을 세심하게 관찰해보면 가히 칭찬할 만한 일관성과 근면성을 발견할 수 있었다. 요컨대 총 길이가 수천 엘레는 됨직한 직선과 곡선이 연속적으로 이어진 가운데 최초의 한 지점에서 최후의 한 지점까지 확연하게 계속되는 미로가 형성되어 있었던 것이다. 때때로 새로운 수법과 어느 정도까지는 작업 시기의 차이가 나타나기도 했다. 종종 미묘하고 우아한 선으로 표현된 새로운 규범과 새로운 모티프가 떠오르기도 했다. 그래서 이 무의미한 모자이크에 이용되었던 주의력과 목적의식, 끈기 전부가 만일 실제 작업에 적용되었더라면 나는 틀림없이 뭔가 볼 만한 작품을 만들어냈을 것이다. 다만 여기저기에 크고 작은 형태로 펜의 망설임이 남아 있었고, 비탄에 빠져 산만해진 내 영혼 상태의 미로 속에서 얽혀 있는 부분들이 드러나기도 했다. 그리고 이러한 곤경에서 탈출하고자 붓끝이 신중하게 움직인 것을 보면 꿈꾸는 의식이 얼마나 이 그물 속에 강하게 사로잡혀 있었는지 미루어 짐작할 수 있었다. 이런 식으로 몇 날 며칠이, 몇 주가 흘러갔다. 내가 집에 머물러 있을 때 유일한 기분 전환 방법은 창문에 이마를 대고 구름이 오가는 것을 바라보며 구름이 변하는 모습을 관찰하는 것이었는데, 그러는 동안에도 내 생각은 먼 고향으로 달려가고 있었다."* 극심한 멜랑콜리에 사로잡힌 낙서 그림을 묘사한 이 대목을 읽어보면 켈러가 베를린에서 자신의 교양소설†을 집필하고 있을 때 책받침으로 썼던 파란색 전지가 떠오른다. 그는 종이에 보답 없는 연인의 이름으로 길고 구불구불한 선과 소용돌이를 그리고

---

* 『초록의 하인리히』 2, 273쪽 참조. 번역 일부 수정.
† 『초록의 하인리히』를 말한다.

기둥을 쌓고 고리를 만드는 등의 수백 가지 변주된 방식으로 그 이름을 고정시켜두었다. 거기에는 Betty Betty Betty, BBettytybetti, bettibettibetti, Betty bittebetti가 생각할 수 있는 온갖 멋들어지고 휘갈긴 서체로 쓰여 있다. 그리고 이 대여섯 개 철자들 주위와 틈새에는 마찬가지로 위에 베티라고 쓰여 있는, 벽이 둘러쳐진 작은 정원의 정문을 그린 스케치, 베티 거울, 베티 방, 또 베티 괘종시계가 그려져 있을 뿐이다. 그 옆에는 낫을 든 작은 남자, 바이올린을 켜는 해골, 작은 조종弔鐘, 또 좁쌀만한 크기의 문장紋章 비슷한 것이 그려져 있는데, 그것을 확대경으로 보면 바늘에 뚫린 심장 같은 것이 보인다. 글쓰기라는 기술은 실제로 어지간해서는

144

살아갈 수 없는 인격의 유지를 위해서, 손쓸 새 없이 거세지는 시커먼 소란을 몰아내려는 시도이다. 오랜 시간 켈러는 이를 위해 힘겨운 노력을 기울여왔다. 물론 그는 이런 노력이 결국에는 아무런 소용도 없을 것임을 일찌감치 깨닫고 있었다. 그의 소설의 끝에서 "꽤나 우울이 깊고 과묵한 공무원"은 자신의 철저하게 약탈당한 영혼에 들어찬 그늘을 물러나게 할 수 있는 것은 이제 아무것도 없다고 말한다. 그는 제아무리 철자나 문장을 아름답게 배치한다고 해도, 제아무리 자신의 인물들에게 관대함을 베푼다고 해도 상심의 무게를 끝까지 버텨낼 수 있는 것은 아무것도 없다는 것을 진작부터 예감하고 있었다. 그는 자신이 걸어온 궤적을 돌아보면서 이 모든 것이 "삶이라 불릴 수 없고 이런 식으로 계속될 수는 없다"고 느낀다. 그는 자신이 또다시 붙잡혀 들어간

정신의 새로운 감금에 대해 말하고, 어떻게 여기서 빠져나
갈 수 있을지 고민하지만 그의 상황은 아무런 출구도 없어
보인다. 그래서 그가 말하듯이, 때로는 이제 그만 존재하고
싶다는 소망이 그의 마음속에서 점점 더 또렷하게 출렁이는
것이다.

# 고독한 산책자*

*Le promeneur solitaire*

로베르트 발저를 기억하며

* 루소의 『고독한 산책자의 몽상』에서 인용.

로베르트 발저*가 살면서 남긴 흔적은 너무나 희미해서 바람이라도 한 자락 불면 흩어져 사라질 것만 같다. 적어도 1913년 초 스위스로 돌아온 뒤부터는, 아니 실제로는 아주

---

* Robert Walser(1878-1956). 스위스 소도시 빌에서 태어나 어려운 가정 형편 탓에 이미 10대부터 하인, 조수 등 여러 직업을 전전하다 글을 쓰기 시작했다. 주로 말단 사무원이나 조수, 하인으로 일했던 자신의 자전적 체험이 담긴 글을 많이 썼으며, 놈팽이나 게으름뱅이, 몽상가, 방랑자와 같이 시민 세계에서 겉도는 인물들이 많이 등장한다. 당대에 카프카, 벤야민, 헤세 등으로부터 호의적인 평가를 얻기도 했으나 1929년 우울증과 환각 증세가 심해져 발다우 정신병원에 입원한 뒤부터 사실상 잊힌 작가가 되었다. 그렇게 약 28년을 요양원에서 보낸 발저는 1956년 성탄절에 눈길을 걷다가 심장마비로 세상을 떠난다. 대표작으로는 베를린 시절에 집필한 장편소설 3부작 『타너가의 남매들』(1906), 『조수』(1908), 『벤야멘타 하인학교─야콥 폰 군텐 이야기』(1909)가 있으며, 수많은 주옥같은 산문과 이야기들을 발표했다. 그 밖에도 발저는 1밀리미터가 안 되는 몹시 작은 글씨로 쓰인 비밀스러운 유고 뭉치도 남겼다. 이 초미세원고Mikrogramme들은 한동안 '암호문'으로 간주되기도 했지만 1980년부터 해독작업이 시작되어 2000년에 총 여섯 권짜리 전집으로 출간되었다. 이러한 초미세원고에서 발굴된 작품이 작가의 사후에 출간된 『강도』이다.

처음부터 그는 세상과 더없이 덧없는 방식으로만 관계를 맺어왔다. 그는 어디에도 적응하지 못했고 아주 적은 재산 한 푼 가져본 적이 없었다. 집을 가져본 적도, 지속적인 거주지를 가져본 적도, 가구 한 채 가져본 적도 없었으며 기껏해야 변변한 양복 한 벌과 그보다 못한 양복 한 벌을 옷걸이에 걸어뒀을 뿐이었다. 심지어는 작가로서 집필을 위해 필요한 물건들조차 그의 소유라고 말하기 어려웠다. 그가 소장한 도서는 단 한 권도, 내가 알기로는 본인이 쓴 책조차 한 권 없었다. 그가 읽은 것은 대부분 빌린 것들이었다. 그가 사용한 종이 또한 남이 사용한 것이었다. 그는 그렇게 아무런 물질적인 소유 없이 평생을, 또 그렇게 사람들로부터 고립되어서 살았다. 그는 어린 시절에는 가까웠던 형과 누나, 즉 화가 카를과 아리따운 교사 리자조차 시간이 갈수록 멀리 밀쳐냈고, 결국 마르틴 발저가 말한 것처럼 이 세상의 고립된 작가들 중에서도 가장 고립된 작가가 되었다. 여자와 사귄다는 것도 그에게는 불가능한 일이었던 것 같다. 그가 망사르드 다락방에서 하숙할 때 방 벽에 구멍을 뚫어 훔쳐봤던 푸른 십자가 호텔의 하녀들, 그리고 베른의 여급들, 꽤 오랜 기간 편지를 교류했던 라인란트에 살던 레지 브라이트바흐 양, 그들 모두는 그가 문학적 공상 속에서 동경하고 숭배한 그런 숙녀들처럼 다른 별에서 온 존재였다. 후손을 많이 낳아 기르는 것이 관례이던 시대에 발저의 아버지 아돌프 발저는 가족 구성원이 열다섯이나 되는 집에서 태어났지만 그

다음 세대인 로베르트 발저의 여덟 형제들은 이상하게도 단한 명의 자식도 세상에 낳아주지 못했다. 그렇게 다 같이 사멸해간 발저가의 형제들 중에서 영원히 총각으로 남은 로베르트—그의 경우에 이렇게 말해도 틀리지 않다—만큼 짝짓기의 성공에 필요한 조건들을 충족시키지 못한 사람도 없을 것이다. 이렇게 실질적으로 아무것에도 또 아무에게도 매이지 않은 사람의 죽음은, 특히나 오랜 요양원 생활로 그가 무명과 다름없게 되어버린 뒤부터는, 오래전부터 그의 삶이 그래왔듯이 아무도 모르게 진행될 수 있었으리라. 하지만 로베르트 발저가 오늘날 망실된 작가로 남지 않을 수 있었던 것은 무엇보다도 카를 제리히Carl Seelig의 돌봄 덕분이다. 제리히가 발저와 함께 떠난 산책을 기록으로 남겨두지 않았더라면, 발저 전기를 위해 자료를 모아두지 않았더라면, 발저의 작품들을 편집해 선집을 만들고 발저의 깨알같이 작아 읽을 수 없는 수백만 개의 글자가 쓰여 있는 유고를 갖은 노력을 다해 보존해두지 않았더라면 발저의 복권은 시작될 수도 없었을 것이며 발저에 대한 기억 또한 십중팔구 사라져버렸을 것이다. 물론 발저가 사후에 구출된 이후 그의 점점 커져가는 명성은 벤야민이나 카프카의 경우와 견줄 바는 못 된다. 예나 지금이나 발저는 여전히 유일무이한 수수께끼 같은 인물이다. 그는 독자들에게 자기 자신을 가능한 한 숨겼다. 엘리아스 카네티의 견해에 따르면, 발저의 독특함은 글을 쓸 때 자기 내면의 가장 깊숙한 두려움을 늘

부인하고 자신의 일부를 누락시켰다는 점에 있다. 카네티는 이런 부재 속에 발저 특유의 섬뜩한 성격이 들어 있다고 봤다. 또한 우리에게 전해지는 발저의 생애사가 기본적으로 너무 듬성듬성 채워져 있다는 점도 의아하다. 우리는 그의 유년기가 어머니가 겪은 마음의 병과 매해 악화된 아버지의 사업으로 그늘져 있었다는 것을 알고 있고, 또 그가 배우 수업을 받고 싶어했고, 사무실의 사환으로 일하면서 어떤 자리에도 오래 머문 적이 없으며 1905년부터 1913년까지 베를린에서 지냈다는 사실도 안다. 하지만 그가 그때 베를린에서 술술 풀렸던 원고 작업을 하는 것 이외에 무슨 일을 하면서 시간을 보냈는지에 대해서는 조금도 알 수가 없다. 그만큼 그는 독일의 그 대도시에 대해서 거의 아무 말도 남기지 않았고, 이후에 살았던 제란트에 대해서도, 또 스위스 빌에서는 어떻게 살았는지, 베른에서 살 때의 사정은 어땠는지에 대해서도 좀처럼 입을 열지 않았기에 그가 만성적인 경험의 빈곤을 겪은 것이 아닌가 생각될 정도이다. 제1차세계대전의 발발과 같은 외부 사건들로부터 발저는 아무런 영향도 받지 않은 것처럼 보인다. 확실한 것은 그는 계속 글을 썼지만 글쓰기의 어려움은 날로 더해갔고, 그의 글에 대한 수요는 줄어들었으며, 그가 매일매일 고통의 한계에 부딪칠 때까지, 내 생각에는 이따금 그 한계를 넘어서까지 계속해서 글을 썼다는 사실이다. 우리는 그가 더는 글쓰기가 안될 때에 발다우[요양원]에서 정원 일을 거들거나 혼자서 당구를 치는 모습을, 그리고 결국에는 헤리자우 요양원에 들어가 부엌에서 채소를 씻거나 벗겨진 은박지를 분류하는 모습을, 그렇지 않으면 프리드리히 게르슈태커의 소설이나 쥘 베른의 소설을 읽는 모습을, 그리고 로베르트 메힐러Robert Mächler가 이야기한 바처럼, 때때로 방 한구석을 우두커니 바라보곤 했다는 그의 모습을 머릿속에 그려본다. 이렇게 발저의 삶에 대해 전해지는 장면들은 서로 너무도 동떨어져 있어서 한 사람의 이야기나 한 사람의 생애라 말하기 어려울 정도이고, 차라리 전설이라고 부르는 편이 맞을 듯싶다. 사후에도 계속되는 발저의 불안정한 실존과 그의 삶 전체를 관통하는 헛헛한 바람은 마치 허깨비처럼 불어와 그가 쓴 규정 불가능한 글의 성격과 더불어 전문 해석자를 무척이나 당황스럽고 아연하게 만든다. 로베르트 발저의 작품이 아무리 박사 학위 논문의 대상이 될 만하다고 해도 어떤 체계적인 분석으로도 포착하기 어렵다는 마르틴 발저의 주장은 이런 점에서 정말로 옳은 지적이다. 그토록 그늘 속에 잠겨 있으면서도 펼치는 페이지마다 더없이 다정스러운 빛을 뿜어내는 글을 쓰는 작가를 어떻게 이해해야 할까? 또한 순수한 절망에서 유머러스한 이야기를 써내려가고, 항상 같은 이야기를 쓰지만 절대로 반복하는 것은 아니며, 미세한 부분에서 예리함을 발휘하는 자신의 생각에 스스로 놀라워하고, 지상에 확고하게 발을 디디고 있지만 공중에서 주저 없이 자신을 놓아버리는 그런 작가, 읽는 도중에 벌써 해체되기 시작해 몇 시간 뒤에는 글 속의 하루살이 같은 인물과 사건, 사물 들이 기억에서 가물가물해지는 산문을 쓰는 작가를 어떻게 이해해야 할까? 그것이 반다Wanda라는 이름의 숙녀였던가 아니면 방랑자 청년Wanderbursche이었던가, 엘레나 양이었던가 아니면 에디트 양이었던가, 성주였던가 시종이었던가, 아니면 도스토옙스키의 백치였던가? 그것이 극장의 화제였던가, 우레 같은 박수 소리였던가, 아니면 젬파흐 전투였던가, 따귀 한 대였나? 아니면 실종된 아들의 귀환? 석재 납골함이었나? 짐 바구니였나? 회중시계였던가, 자갈이었던가? 이 진기하고 독특한 책들에 쓰여 있는 모든 것들은 어쩌면 그것의 저자가 주장하려 했을 수도 있는 바처럼 스르르 사라지는 성질의 것들이다. 방금 전까지만 해도 무척 의미심장해 보이던 구절이 갑자기 온데간데없어진다. 이와는 반대로 발저의 백치 놀음 뒤에는 깊이를 잴 수 없는 심오함이 숨어 있기도 하다. [발저 작품의] 범주화를 고민하는 모든 사람의 구상을 언제나 다시금 어그러뜨리고 마는 그런 난점이 있음에도 로베르트 발저에 대해 많은 글들이 쓰였다. 물론 대부분은 개략적이고 부차적인 성격의 글이거나 아니면 발저를 흠모하는 사람들의 개인적 헌사로 이해되어야 할 것이다. 이제부터 내가 쓰는 글 또한 이와 다르지 않을 것이다. 나 또한 발저를 처음 알게 된 이래로 언제나 체계 없이 그저 읽기만 해왔던 터다. 한번은 여기서 시작해보고 다른 한번은 저기서 시작해보면서, 몇 년째 그의 소설을 좀 읽어봤다가 연필 유고를 좀 읽어봤다가 하면서 헤매고 있다. 이렇게 간헐적으로 발저 독서를 재개할 때마다 그만큼 자주 발저의 초상 사진을 들여다본다. 그것은 관상학적으로 극히 상이한 일곱 개의 국면을 보여주는데, 그 국면들 사이에 일어난 조용한 재앙을 미루어 짐작하게 한다. 그중에서 가장 친숙한 사진은 발저를 산책자로 보여주는 헤리자우 요양원 시기에 찍은 사진이다. 오래전 집필의 의무에서 물러난 작가가 자연 풍경 속에 서 있는 모습을 보면 자연스레 같은 시기에 어린 나와 함께 몇 시간이고 아펜첼이며 그 근방 지역을 함께 걸어다니곤 했던 나의 조부 요제프 에겔호퍼가 떠오른다. 이 산책자 사진, 그러니까 발저가 입은 스리피스 정장의 옷감과 보드라운 와이셔츠 깃, 넥타이 매듭, 노화로 생긴 손등의 반점, 짧게 깎은 희끗희끗한 콧수염, 그리고 고요한 눈빛을 볼 때면 내 조부를 눈앞에서 보는 것만 같다는 생각이 든다. 내 조부는 발저와 단순히 외관뿐만 아니라, 모자를 겨드랑이에 끼고 다닌다든가 화창한 여름날에도 우산이나 우비를 챙겨 다닌다든가 하는 습관까지 닮아 있었다. 심지어 나는 할아버지가 발저처럼 조끼의 맨 위 단추를 잠그지 않는 습관이 있었다고 한참을 착각하기도 했다. 그것이 맞든 틀리든 아무튼 의심할 수 없이 확실한 점은 두 사람이 모두 한 해에, 그러니까 1956년에 사망했다는 사실이다. 발저는 잘 알려져 있다시피 12월 25일 산책길에서 사망했고 할아버지는 4월 14일, 봄이 시작됐는데도 또다시

눈이 왔던 발저의 마지막 생일 밤에 죽었다. 어쩌면 그래서 지금도, 결코 무심히 잊어 넘길 수 없는 할아버지의 죽음을 반추할 때면, 눈 속에서 발견된 발저의 시신 촬영이 끝난 후 그의 시신을 요양원에 실어다주었던 그 썰매 위에 할아버지가 누워 있는 모습이 눈앞에 어른거린다. 그런 유사점과 교

차점, 상관관계들은 무엇을 의미할까? 이것은 기억의 숨은 그림찾기, 자기 착각과 감각의 현혹, 또는 인간관계의 혼돈 속에 설계되어 있는, 산 자와 죽은 자 모두에게 똑같이 손길을 뻗치는 불가해한 질서의 도식에 불과한 것일까? 한번은 카를 제리히가 로베르트 발저와 산책을 떠나 발가흐라는 지

역에 막 닿았을 때 파울 클레를 언급한 적이 있다고 한다.
그런데 제리히가 이 이름을 입에 올리자마자 발가흐 동네로
들어가는 길목에서 텅 빈 쇼윈도에 '파울 클레–나무 촛대
목각공'이라 쓰여 있는 간판이 보였다. 제리히는 이 기이한

우연을 설명하려 들지 않는다. 그저 이 일을 기록하고 지나
갈 뿐인데, 아마도 가장 기이한 일이야말로 가장 재빠르게
잊히기 때문일 것이다. 그래서 나 또한 여기에 별다른 설명

없이 얼마 전 발저의 장편 중에서 당시까지 유일하게 읽어
보지 못했던 소설 『강도*Der Räuber*』를 읽을 때 겪었던 일화를
슬며시 끼워넣을까 한다. 소설의 상당히 앞 부분쯤에서 서
술자는 강도가 달빛을 받으며 보덴제 호수를 건너는 이야기
를 한다. 그런데 내가 쓴 한 단편*에서도 바로 그렇게 달빛
을 받으며 같은 호수를 건너는 젊은 암브로스의 모습을 피
니 숙모가 실제로는 그럴 리 없다고 말하면서도 상상해보는

* 「암브로스 아델바르트」를 말함. 제발트의 소설집 『이민자들』에 실려 있다.

얘기가 나온다. 그런데 이 이야기에서 암브로스는 두 페이지가 채 넘어가기도 전에 그후 런던의 사보이 호텔에서 층전체 수석 웨이터로 일하며 상하이에서 온 숙녀를 알게 된다. 피니 숙모는 이 여성이 최고급 갈색 양가죽 장갑을 선호했다는 점, 그리고 암브로스가 어느 날 말해준 대로라면 그녀가 그의 삶에서 슬픔의 이력Trauerlaufbahn의 출발점에 위치해 있다는 점 말고는 이 여성에 대해 아는 바가 없다. 이 여성과 유사한 신비로운 갈색 옷 차림의, 서술자가 앙리 루소 여인이라고 부르는 여자를 강도는 저 보덴제의 달빛 장면에서 두 페이지 뒤에, 11월의 창백한 숲에서 만난다. 이뿐만이 아니라, 『강도』를 조금 더 읽다보면 예기치 않게도 '슬픔의 이력'이라는 단어가 튀어나오는데, 이 단어는 내가 사보이 에피소드의 끝부분을 막 써내려가고 있던 당시 나 이전에는 그 누구도 이 단어를 생각해낸 사람이 없을 거라 믿었던 것이었다. 나는 언제나 작품을 쓰면서 내가 매료된 사람들에게 존경심을 보이고자, 즉 그들의 아름다운 이미지나 특별한 말들을 빌려 씀으로써 그들 앞에 공손함을 보이고자 노력해왔다. 하지만 이 경우는 내가 저세상으로 간 동료에게 추모의 표시를 하자 그 신호를 되돌려받은 것 같았다.

로베르트 발저가 실제로 누구였고 어떤 사람이었는가에 대해서는 나와 발저의 묘하게 긴밀한 관계에도 불구하고 나는 믿을 만한 정보를 제공할 수 없다. 이미 말했듯이 일곱장의 초상 사진들은 완전히 다른 일곱 명의 인간을 보여준다. 고요한 감성으로 충만한 청년, 두려움을 억누르고 시민 세계로 막 들어가려 하는 사람, 왠지 대담하면서도 음울해 보이는 베를린의 작가, 물처럼 맑고 투명한 눈을 가진 서른 일곱 살의 남자, 담배를 피우고 있는 더없이 위태로워 보이는 강도, 피폐해진 남자, 완전히 망가진 동시에 구원받은 정신병원 환자. 이 사진들은 각각의 상이함만이 아니라 사진들 전체에서 감지할 수 있는 메울 수 없는 간극 또한 특징적이다. 내 짐작에 그 간극은 무엇보다도 발저의 전적으로 소박하고 스위스적인 내성적 성격과 그가 신인 시절 과시적으로 보여줬으나 이후에는 되도록 건실한 겉모습 뒤에 숨기고 있었던 무정부주의적이고 보헤미안적이며 댄디즘적인 성향이 빚어내는 모순에서 비롯된 것이리라. 그의 고백에 따르면 그는 한번은 어느 일요일에 "오글거리는 샛노란 여름 정장에 가벼운 무도화를 신고, 일부러 흉하고 요란하며 멍청해 보이는 모자를 쓰고서" 툰에서 베른까지 걸어간 적이 있다고 한다. 뮌헨에서 그는 작은 지팡이를 든 채로 영국 공원을 가로질러서 산책을 했고 베데킨트*도 방문했는데, 베데킨트는 그의 커다란 체크무늬 양복에 열렬한 관심을 보였다고 한다. 이 일화만으로 발저가 당시 뮌헨의 슈바빙† 패거리들 사이에서 유행했던 괴짜놀이에 동참하고 있었음을

* 프랑크 베데킨트(Frank Wedekind, 1864-1918). 세기 전환기의 고루한 시민적 성性 관습을 비판한 독일의 극작가.
† 19세기 말부터 예술가들과 보헤미안들이 모여 살던 뮌헨의 한 구역.

충분히 알 수 있다. 그는 자신이 뷔르츠부르크를 향해 도보로 여행할 때 입었던 여행복이 "어딘가 남부 이탈리아의 인상"을 풍겼다고 쓴다. "그건 나폴리에서 입으면 상당히 유리할 것 같은 종류 또는 그런 스타일의 옷이었다. 하지만 모든 것이 심각하고 질서 잡힌 독일에서 그 옷은 신뢰보다는 불신을 불러일으켰으며 호감보다는 비호감을 사는 것 같았다. 스물세 살의 나는 얼마나 겁 없고 허황됐던가?" 요란하게 차려입는 성향과 정신적 황폐화의 위험은 종종 붙어다니는 것이다. 횔덜린 역시 세련되게 옷을 차려입고 사람들 앞에 나타나는 것을 무척 좋아했다지만, 그렇기 때문에 정신착란이 일어났을 때 그의 망가진 상태는 친구들에게 더욱더 크나큰 충격을 주었다고 전해진다. 매힐러는 발저가 여름날에 한번은 뤼겐섬에 있는 그의 형을 방문한다며 바로 얼마 전 형에게 새 양복을 선물 받았으면서도 구멍이 숭숭 뚫린 누더기 바지를 입고 나섰던 것을 기억해낸다. 그는 이런 맥락에서 『타너가의 남매들 Geschwister Tanner』의 한 대목을 인용하는데, 여기서 지몬 타너는 누나에게 다음과 같이 혼이 난다. "네 바지 좀 봐. 밑이 다 너덜너덜해졌잖아. 물론 나도 알아. 바지는 바지일 뿐이지. 하지만 바지는 영혼과 똑같은 상태에 있어야 하는 거야. 다 해진 누더기 바지를 입는 건 그 사람이 얼마나 게으른지 증명해주니까. 그 게으름은 영혼에서 오는 거야. 그러니까 너도 누더기 영혼을 가진 거야." 이와 같은 비난은 발저의 누나 리자가 발저에게 이따금 가했던 질책에서 따온 것이리라. 하지만 마지막의 천재적인 표현, 즉 누더기 영혼에 대한 부분은 자신의 내면이 얼마나 심각한 상황인지 의식하고 있는 서술자의 독창적이고 기발한 표현일 것이다. 당시 발저는 처음부터 그의 삶에 드리워져 있었던 그림자로부터, 그리고 앞으로도 걷잡을 수 없이 길어지기만 할 거라는 예감이 일찌감치 들었던 그 그림자로부터 글쓰기를 통해서, 무겁게 짓누르는 것을 거의 무게가 나가지 않는 것으로 만듦으로써 벗어날 수 있으리라 희망했으리라. 그의 이상은 중력을 극복하는 것이었다. 따라서 그는 당시 자신이 "딜레탕트 극좌파"라 불렀던 사람들이 예술의 혁명을 일으킨다며 떨었던 요란법석을 대수롭지 않게 바라보았다. 발저는 세계 몰락을 예언하는 표현주의적인 선지자가 아니라, 『프리츠 코허의 작문*Fritz Kochers Aufsätze*』 서문에 쓴 대로 미미한 사물 전문 투시자ein Hellseher im Kleinen였다. 첫 습작부터 그는 최대한 극단적인 세밀화와 축약도를 추구했고, 하나의 이야기를 망설임 없는 단 한 번의 도움닫기로 만들어내는 도약 속에 띄워보려 했다. 발저는 이런 야심을 유겐트슈틸 예술가들과 공유하고 있었고 다른 한편으로는 이들처럼 아라베스크 문양에 정신을 잃을 정도로 빠져드는 정반대의 경향도 보였다. 기이한 세목을 장난스럽게, 이따금 집요하게 그리고 또 그리는 태도는 발저의 언어가 갖는 가장 주목할 만한 특징 가운데 하나다. 또한 분사구문으로 늘어진 문장 구조나 "방해할 수 있게 도와줘도 되었다"와 같은 동사의 누적으로 인해서 문장 중간에 일어나는 단어들의 여울과 난기류, "우쭐쟁이스러움das Manschettelige"이나 "겁쟁이스러움das Angstmeierliche"같이 다지류 벌레처럼 우리 눈앞에서 다다닥 사라지는 발저가 창조한 단어들, 『강도』의 서술자가 과감한 은유를 사용하여 뒤러의 여성 인물 위에 떠다닌다고 주장한 "암흑 속에서 바다를 날아가는, 속으로 흐느끼는 밤새 같은 소심쟁이"도 꼽아볼 수 있다. 또한 매혹적인 숙녀의 황홀한 무게에 눌려 끽끽대는 소파라는 괴상망측한 이미지들, 오랫동안 사용되지 않은 사물들을 연상시키는 지역 방언, 광적이라 할 만한 수다벽도. 이 모든 요소들은 발저가 열과 성을 다해 세공한 것들이다. 그렇게 하지 않으면 그는 자신의 성질대로 잔가지와 꽃잎도 없이 그저 아름답게 휘어진 곡선 하나만 그리고 말 것이고, 그러면 너무 금방 끝이 나지 않을까 두려웠던 것이다. 실제로 발저에게 꾸밈말은 생존의 문제다. 그는 『강도』에서 "내가 창조하는 꾸밈말"은 "시간을 채우는 목적을 갖는다"고 쓰고 있다. "그건 어느 정도 두께가 있는 책을 완성해야 하기 때문이다. 그렇지 않으면 난 지금보다도 더 심하게 무시당하리라." 하지만 이런 내용상의 꾸밈말만이 아니라, 특히 형식상의 꾸밈말들로 구성된 언어의 브리콜라주는 고급문화의 요구에 전혀 들어맞지 않는다. 고급문화 계층에서는 그것에서 난센스 문학이나 정신분열적 언어장애의 징후를 보여주는 언어의 잡탕을 떠올릴 테고, 그건 작가의 시장가치를 높이는 데 일절 도움이 되지 않는다. 하지만 진정한 독자들은 바로 그러한 발저 특유의 독특하게 미친 표현들을 보고 싶어한다. 가령 연필 유고에서 한 편의 사랑의 멜로드라마 전체를 우스우면서도 절절하게 단 몇 줄로 요약해놓은 대목이 그러하다. 여기에서 발저가 이룬 성취는 마치 작가가 완전히 몸을 낮추고 언어에 엎드린 것과 같은 자세로, 가장 위대한 대가다움으로 서투름을 모방한 것이며, 독일 낭만주의자들이 언제나 예감하기만 했지, 어쩌면 호프만* 한 사람을 제외하면 그 누구도 시 쓰기에서 실현한 바 없는 아이러니를 완성한 것이다. 아름다운 헤르타와 그녀의 바람기 많은 이탈리아 남편이 등장하는 문제의 그 대목은 다음과 같다. "그녀는 깊이 존경해마지 않는 난봉꾼이자 도락가 남편에게 최고급 가게에서 새 산책용 지팡이 한 개와, 뒤지고 뒤져서 찾아낸 최고로 멋스럽고 따뜻한 겨울 외투를 사다 바쳤지만 부질없는 짓이었다. 세심하게 고르고 고른 좋은 옷을 입고도 그의 심장은 무심하게 뛰었고, 지팡이를 쥔 그의 손 또한 딱딱했다. 이 무뢰한이 ─ 오! 우리가 그리 불러도 된다면 ─ 경박하게 여기저기서 염문을 뿌리고 다니는 동안, 영혼의 고통으로 그늘진 [그녀의] 비극적인 커다란 두 눈에서는 굵은 진주알 같은 눈물이 뚝뚝 떨어졌는데, 우리는 여기서 그런 내밀한 불행이 벌어지는 수문水門 안이 우울하고 환상적인 야자수 잎이 드리워진 까

---

* E. T. A. Hoffmann(1776-1822). 환상적인 작품 세계로 유명한 독일 낭만주의 시대의 대표 작가.

마득히 높고 거대하며 호화스러운 금장 설비로 가득할 수도 있다는 것을 언급하지 않고 지나갈 수 없다." 발저는 문장의 선로에서 일어난 이탈을 이렇게 마무리 짓는다. "꼬마 문장아, 꼬마 문장아, 넌 나한테 참 환상적이기도 하구나!" 그러고는 다시 사실의 지반으로 돌아와 이렇게 덧붙인다. "하지만 계속 가보자."

하지만 계속 가보자. 발저의 산문은 환상성이 커질수록 현실적인 내용은 사라진다. 더 정확히 말하자면 현실이 꿈이나 영화 속에서처럼 붙잡을 수 없이 지나가버린다. 이 세상에서 가장 잔혹한 여제를 모시면서 보답받지 못한 사랑과 헌신, 숭배에 힘쓴 탓에 육체적으로 완전히 초췌해진 알리바바는―우리는 그에게서 발저의 대리인을 보아도 될 것이다―어느 날 저녁 일을 마치고 활동사진을 한참 동안 구경한다. 그것은 산봉우리가 첩첩이 늘어선 엥가딘, 빌의 호수, 마글링겐의 온천지와 같은 자연 풍경을 보여준다. "아이를 안은 성모, 우뚝 솟은 알프스의 설원, 일요일 녹지에서의 행락객들의 물놀이, 과일바구니와 꽃다발이 하나씩 차례대로 보이다가 불현듯 겟세마네의 뜰에서 유다가 예수에게 입을 맞추는 장면이 보였는데, 유다의 얼굴이 사과처럼 둥글고 통통해서 그의 계획을 하마터면 완수하지 못할 뻔했다. 그다음으로 사격축제 장면이 나타났고, 정중함 그 자체라고 할 수 있는, 여름철답게 즐겁게 미소 짓고 있는 것처럼 보이는 여름 모자 컬렉션과 고급 잔과 접시, 장식품이 보였다. 알리바바는 빠르게 다음 사진에 의해 밀려나는 사진들을 보는 것이 즐거웠다." 발저의 세계에서 모든 것은 다른 것에 의해 빠르게 교체된다. 그가 쓴 장면들은 눈 깜짝할 동안에만 유지되고 작품 속 인물들에게도 최소한의 수명만 주어진다. 연필 유고에만 수백 명의 인물들이 산다. 무용수와 가수 들, 비극작가와 희극인 들, 술집 여주인과 가정교사 들, 사장과 사원 들, 누비아인과 모스크바인 들, 날품팔이와 백만장자 들, 로카 숙모와 모카 숙모 및 그 밖의 단역들이 더 있다. 그들은 등장하는 순간에는 경이로운 현전성을 발산하지만 우리가 그들을 정말로 좀 살펴보려 하면 그들은 사라지고 없다. 그들은 내게 언제나 초기 영화의 배우들처럼 인물의 윤곽을 흐릿하게 하는 어슴푸레하고 깜빡이는 빛에 에워싸여 있는 것처럼 생각되었다. 그들은 파편적인 단편소설과 태아 상태인 장편소설 들을 마치 밤 시간에 우리 머릿속을 스쳐 지나가는 꿈꾸는 사람들처럼 통과해간다. 그들은 그 어떤 방명록에도 이름을 남기지 않으며, 도착하자마자 영영 볼 수 없게 떠나버린다. 벤야민은 발저 논평자들 가운데 유일하게도 발저 인물들의 익명성과 덧없음을 적확하게 포착하려는 시도를 했다. 그의 말에 따르면 그들은 "광기에서" 왔다. "그 밖의 다른 어떤 곳도 아니다. 광기를 등지고 길을 떠난, 그래서 그렇게 파괴적이고 그토록 인간이 아닌 듯한 확고부동한 피상성으로 남은 인물들이다. 그들에게 들러붙어 있는 행복의 요소와 섬뜩함을 한마디로 명명하려 한다면, 이렇게 말할 수 있으리라. 그들은 모두 구원받았다고."
나보코프가 니콜라이 고골의 책에 배회하는 불안정한 존재
들에 대해서 그들은 자신만의 수레바퀴를 돌리는 것 말고는
세상에 아무 관심도 없는 부드러운 광인의 종족이라고 했을
때 이와 비슷한 의도로 말한 것이리라. 고골과의 비교는 결
코 지나친 것이 아닌데, 발저에게 만일 친척이나 조상이 있
다면 고골이 바로 그런 존재임이 분명한 까닭이다. 발저와
고골 모두 자신의 시선을 소설이 이야기하는 사건의 중심에
고정하는 능력을 상실해가며, 자기 시야의 가장자리에 나타
난 기이하고 비현실적인 피조물들과 자신도 어쩔 수 없다는
듯이 사랑에 빠진다. 이 피조물들이 과거에 어떻게 살았고
앞으로 어떻게 살아갈지에 대해서 우리는 조그마한 것 하나
도 얻어들을 수가 없다. 나보코프가 그의 고골 논문에서 인
용하는 장면은 다음과 같다. 『죽은 혼』에 등장하는 우리의
주인공 치치코프 씨는 이전에 다른 곳에서 여러 번 써먹었
던 온갖 재미난 이야깃거리들로 무도회장에서 만난 어느 젊
은 숙녀를 지루하게 만드는데, 이를테면 "짐비르스크 구역
의 조프론 이바노비치 베스페제트쇼노치의 집에는 그 집의
규수 아델라이다 조프로노프나뿐만 아니라 그녀의 세 명의
사돈, 마리자 가브릴로프나, 알렉산드라 가브릴로프나, 아
델항다 가브릴로프나가 때마침 방문 중이었다. 펜자 구역의
프롤 바실리예비치 포베도노스노치의 집에, 또 그의 형제
표트르 바실리예비치 집에는 그의 사돈 카테리나 미하일로

프나와 그녀의 조카손녀딸 로자 표도로바나와 에밀리야 표도로바나가 있었고 프야트카 구역의 표트르 바르소노프예비치 집에는 그의 며느리의 자매인 펠라게야 예고로프나와 그녀의 질녀 소피야 로스티스라프나와 두 명의 수양딸이 머물고 있었다". 이 사람들 가운데 그 누구도 이후 고골의 작품에서 다시는 등장하지 않는데, 그것은 그들의 비밀이 (그것은 인간 실존의 비밀이기도 하다) 완벽한 잉여성에 있는 까닭으로, 이런 장면은 바로 그 여담적 형식 면에서 발저가 상상한 것이라고 봐도 무방할 정도이다. 언젠가 그는 자신이 이 산문 저 산문 쓰고 있지만 기본적으로는 한 권의 소설을, 그것도 "다채롭게 조각나 있거나 분리되어 있는 '나'라는 책"이라 할 수 있는 소설을 쓰고 있다고 말한 적이 있다. 추가로 덧붙여야 할 점은 이 주인공 '나'가 '나'라는 책에서 거의 모습을 드러내지 않고 다른 행인들 무리 속에 안전히 은신하고 있다는 점이다. 그뿐만 아니라 발저와 고골은 집이 없다는 점에서도 공통된다. 그리고 그들의 실존이 지닌 무시무시한 임시성, 무지개같이 변덕스러운 기분, 공포, 기이하게 괴팍하고 시커먼 비탄에 젖은 유머, 끝없이 쌓여가는 종이쪽지, 또 자신의 삶을 신비화하기 위해서 불쌍한 영혼들의 족속과 무한히 이어지는 가면 행렬을 고안해낸다는 점에서도 공통된다. 하지만 유령 같은 소설 「외투」의 결말 부분처럼 서기 아카키 아카키예비치에게 남은 것은 거의 없다. 나보코프가 상기하듯이 이자는 지금 자신이 길 한복판에 서 있는지 아니면 문장 한복판에 서 있는지도 더는 가늠할 수 없기 때문이다. 마찬가지로 고골과 발저는 자신들이 창조한 인물들의 군단 속에서 가장 알아보기 어려운 존재들이고 그들이 서서히 임박해오는 질병의 어두운 지평선 앞에 있다면 그것은 더 말할 것도 없다. 글쓰기를 통해서 그들은 자신들의 인격을 분리해냈고, 글쓰기를 통해서 스스로를 과거와 단절시켰다. 그들의 이상적인 상태는 순수한 망각증의 상태다. 벤야민은 발저의 모든 문장이 방금 전의 문장을 잊게 하는 임무를 띠고 있다고 말했는데, 정말로 처음에는 가족을 회상하는 이야기였던 『타너가의 남매들』은 조금만 지나면 그 기억의 물줄기가 서서히 가늘어지더니 기억상실의 바다로 흘러 들어가버린다. 그래서 발저가 언젠가 딱 한 번, 어떤 맥락에서인지 쓰고 있던 종이의 글자에서 시선을 떼고 흘러간 시간으로 고개를 돌려 자신의 독자에게 — 예컨대 — 몇 년 전 어느 날 저녁 베를린의 프리드리히슈트라세 거리에서 눈보라를 체험했고 이것이 기억 속에 강하게 남아 있다는 이야기를 털어놓았을 때 각별히 인상적이고, 또 감동적이지 않을 수 없는 것이다. 발저의 기억상들만큼 수수께끼 같은 것이 바로 그의 감정들이다. 그의 감정들은 대부분의 경우 조심스럽게 숨겨져 있고, 꼭 드러나야 할 경우에는 약간 우스꽝스럽거나 장난스럽게 처리되고 넘어간다. 브렌타노에게 헌정한 산문 스케치에서 발저는 자문해본다. "그토록 다감하고 또 탁월하게 느끼는 한 인간이 동시에 그토록 감정이 빈곤할 수 있을까?" 이에 대한 대답은 동화 속에 서처럼 인생에서도 순전히 가난과 공포 탓에 감정의 여유가 없는 사람들도 있다는 것이리라. 그래서 발저는 그의 가장 슬픈 산문작 중 한 편에서 자신의 말라버린 사랑의 능력을 그 외에는 아무도 관심 두지 않는 생명 없는 존재들과 사물 들, 즉 타고 남은 재나 바늘, 연필, 성냥개비를 대상으로 시 험해야 했다. 하지만 발저가 일종의 철두철미한 동화와 공 감을 통해서 그 안에 영혼을 불어넣는 방식은 어쩌면, 가장 하찮은 것들에서 입증되는 감정이야말로 결국 가장 처절하 다는 것을 드러내는 듯하다. 발저는 재에 대해서 이렇게 말 한다. "실제로 조금만 깊이 정신을 집중하면 겉보기에 전혀 흥미롭지 않아 보이는 대상에 대해서 전혀 흥미롭지 않은 것은 아닌 점들에 대해 얘기해볼 수 있다. 이를테면 재를 획 하고 불면 일말의 저항도 없이 순식간에 흩어져 사라지고 만다. 재는 겸손하고 보잘것없고 무가치한 것 그 자체다. 그 중에서도 가장 멋진 점은 재는 아무짝에도 쓸모없다는 믿음 으로 뭉쳐 있다는 점이다. 재보다 더 덧없고 연약하고 가련 할 수 있을까? 쉽지 않을 것이다. 재보다 더 유순하고 너그 러울 수 있는 것이 있을까? 그럴 수 없다. 재는 개성을 가질 줄 모르며, 원래의 나무로부터 의기소침이 의기양양과 떨어 져 있는 거리보다도 더 멀리 떨어져 있다. 재가 있는 곳에는 사실 아무것도 없다. 재를 밟아보라. 그러면 밑에 깔린 것이 무엇인지 느껴지지도 않으리라." 20세기 독일 문학 전체에서, 심지어 카프카의 문학에서도 이에 버금가는 대목은 찾을 수 없다. 여기에서 느껴지는 강렬한 감정은, 사소하다는 듯한 어투로 재와 바늘, 연필, 성냥개비를 논하는 이 대목이 실은 작가 자신의 순교에 관한 것이라는 사실에서 기원한다. 이 네 가지 사물들은 임의적으로 나열된 것이 아니라 작가의 고문도구 내지는 자신의 분신을 위해 필요한 도구들, 그리고 그 불이 꺼지면 남는 사물인 것이다.

중년의 발저에게 글쓰기는 정말로 고생스러운 작업이었다. 중단할 수도 없고 해마다 무자비하게 계속되는 집필 작업은 발저에게 갈수록 힘겹게 느껴졌다. 그것은 일종의 부역이었다. 그는 파란 십자가 호텔의 망사르드 다락방에서 그 부역을 했다. 그 자신의 고백에 따르면 그는 매일 꼬박 열 시간에서 열세 시간을 소설과 노벨레를 집필하느라 책상 앞에 붙어 있었고, 겨울에는 남은 천 조각을 모아 손수 만든 실내화와 군용외투로 몸을 싸매고 일했다. 실제로 글쓰기의 감옥, 지하 감옥, 베네치아식 감옥이란 표현이 등장하고 이렇게 몸을 계속 혹사하다가는 건전한 인간이성을 상실할 위험이 있다고도 말한다. "내 등은 굽었다"라고, 동명의 산문에서 작가는 보고한다. "머리에서 종이까지 먼 길을 가는 단 한 개의 단어를 따라가느라 몇 시간 내내 몸을 굽히고 앉아 있으니까." 이 작업이 자신을 행복하게 하지 않지만 불행하게 하지도 않는다고 그는 덧붙인다. 하지만 그는 이 작업을 하다가 죽을 것만 같다는 생각을 자주 한다. 발저가 이런 자신의 미래를 내다보았지만 더 일찍 글쓰기를 중단하지 않은 데에는 대부분의 작가들이 자신의 직업에 이중으로 매여 있다는 이유 외에도 여러 가지 이유가 있다. 가장 중대한 것으로는 발저가 극단적인 상황에서 겪을 뻔했던 계급 하락에 대한 공포를 들 수 있을 것이다. 빈자들과 어깨를 나란히 하게 되리라는 공포, 그것은 발저가 유년 시절과 청년 시절 부친의 경제적 파탄으로 심각한 불안정을 겪어봤기에 도저히 떨쳐낼 수 없는 공포였다. 하지만 발저가 두려워한 것은 가난 그 자체보다는 신분 하락의 수치스러움이었다. 그는 세상이 "벌이가 없는 노동자를 실직한 사무원만큼 (무시하지는) 않는다"는 것을 정확히 인식하고 있었다. "사무원은 고용되어 있는 한에서는 반쯤은 신사나 다름없다. 하나 일자리가 없으면 그는 꼴사납고 쓸모없고 귀찮은 무로 전락한다." 이 말이 사무실의 서기에게도 사실이라면, 작가에게 훨씬 더 잘 들어맞는 것은 당연지사다. 작가들이야 반쪽짜리 신사만이 아니라 상황에 따라서는 민족의 대표자로까지 상승할 수 있지 않은가. 더욱이 작가들은 이른바 하느님의 은총으로 보다 높은 직책을 맡는 이들처럼 적당한 때에 간단히 은퇴해버릴 수도 없다. 오늘날에도 여전히 사람들은 작가들이 손에서 펜이 굴러떨어질 때까지 글을 쓰기를 기대한다. 아니 그 정도에서 그치는 것이 아니라 작가들에게 심지어—발저가 언젠가 오토 픽에게 말한 바처럼—"매년 어떤 백 퍼센트의 물건을 세상에 발표하라고" 요구해도 된다는

믿음까지 갖고 있다. 그런 백 퍼센트의 물건, 그런 위대하고 세상의 주목을 끌 만한 작품을 문화 시장에 내놓으라는 요구에 발저는 일생에 언제 한 번이라도 그랬는지는 모르지만 적어도 스위스로 귀향한 뒤부터는 더이상 부응할 수 없었다. 빌과 베른 시기에 그는 적어도 자신의 인격의 일부를 임

시 노동자, 신분이 강등된 문학적 잡화 생산자로 느꼈다. 하지만 그가 이런 자신의 마지막 직책을 옹호하고 "계속되는 실망, 잡지에서의 질책, 죽을 정도의 헐떡임, 무덤까지 들어갈 침묵"을 감수하면서 보여준 씩씩함은 전례 없는 것이다. 그럼에도 그가 결국 항복할 수밖에 없었던 것은 그의 영혼의 자원이 소진됐기 때문만이 아니라 1920년대 중반 이후 부터 문화적 환경이 급속도로 파국적으로 변질됐기 때문이기도 하다. 발저가 몇 년을 더 버텼다고 한들 늦어도 1933년 초에는 저 바깥의 제3제국에서 출판할 가능성이 모조리 끊겼으리라는 점은 의심의 여지가 없다. 그렇다면 발저가 카를 제리히 면전에서 했다는 말, 그의 세계가 나치에 의해서 짓밟혀버렸다는 말은 나름의 정당성을 갖는다. 요제프 호프밀러는 1908년 『조수*Der Gehülfe*』를 비판하면서 이 소설의 이른바 뜨내기적 성격을 스위스 작가 요하네스 예거레너, 요제프 라인하르트, 알프레트 후겐베르거, 오토 폰 그레예르츠, 에른스트 찬의 보다 정착적인 성격과 대비시켰는데, 이러한 작가들의 세계관이 나아간 방향은, 이런 주장이 허용된다면, 그들의 토착적인 이름에서부터 읽어낼 수 있다. 그런 향토시인 중 한 사람인 한스 뮐레슈타인Hans Mühlestein 이란 시인에 대해 발저는 1920년대 중반에 레지 브라이트바흐에게 보낸 편지에서 다음과 같이 쓰고 있다. 원래 빌 출신인 그 시인은 어느 부유한 뮌헨 출신 여성과 짤막한 결혼생활을 했다가 지금은 그라우뷘덴 어딘가에 정착해서는 새로운 정신의 전파를 위한 연합의 회원으로 활동하면서 어느 농가의 처녀와 식을 올렸는데, "그녀는 [남편에게] 이른 아침 밭에서 수레 한 대 분량의 채소를 캐서 아침 식사 전에 집으로 가져오라고 부탁한다. 그는 푸른 리넨 재킷에 그 지방 천으로 만든 튼튼한 바지를 입고 매우 행복해한다". 이

아레섬 위의 클라이스트의 집을 촬영한
세피아 사진

풍자적인 대목에서 전해지는 민족시인 내지는 향토시인에 대한 경멸은 발저가 어떠한 불길한 시대가 시작됐는지, 왜 저 바깥의 독일에서도 고향 스위스에서도 자신을 찾지 않는 것인지 꿰뚫어보고 있었음을 말해주는 분명한 증거다.

이런 배경에서 발저의 전설적인 연필 체계Bleistiftsystem는 지하 은신생활을 위한 훈련처럼 작동했다. 그 마이크로 그램, 즉 초미세 원고들은—이것을 해독한 베르너 모를랑Werner Morlang과 베른하르트 에히테Bernhard Echte의 작업은 지난 수십 년을 통틀어 가장 중요한 문학적 봉사라고 할 수 있다—중단할 수 없는 글쓰기의 천재적인 형식으로, 불법의 영역으로 밀려난 이의 비밀 통신이자 진정한 내적 망명의 문서들이다. 확실히 발저는 막스 뤼히너Max Rychner에게 보낸 어느 편지에서 설명한 바 있듯이, 상대적으로 덜 확정적인 연필을 사용함으로써 글쓰기의 심리적 압박을 이겨내려 했던 것 같다. 또한 베르너 모를랑이 논평했듯이 발저가 무의식적으로 "공적이고 내면화된 평가 심급 앞에서" 자신을 해독 불가능한 기호들 속에 숨기고, 언어의 고도 아래 몸을 낮춰 자신을 지우려 했다는 것도 확실하다. 하지만 연필과 쪽지 체계는 문학의 역사에서 유일무이한 방어벽이자 보루이기도 하다. 그 속에서 가장 미미하고 무구한 것들은 당시 임박해오던 위대한 시대 속에서 몰락하기 전에 구출되어야 했다. 접근 불가능한 자신만의 요새 속에 보루를 쌓은 로베르트 발저는 코르시카의 장군 카셀라Casella를 떠올리게 한다. 카셀라는 1768년 코르시카 곳에 있는 어느 탑에서 이 층 저 층으로 뛰어다니며 한번은 이 총안에서 다른 한 번은 저쪽 총안에서 포를 날려 마치 전 군단이 있는 것처럼 프랑스 침략군을 속였다. 특기할 만한 사실은 발저가 피난처를 찾아 발다우로 간 이후 자신이 마치 도시 앞 보루를 지키고 있는 것 같다고 생각했다는 점이다. 그래서 그는 그곳에서 브라이트바흐 양에게 전투가 오래전 패배로 끝났는데도 이따금 자잘한 글들을 마치 폭발물이나 폭탄이라도 되는 양 "저들 조국의 신문에 쏘아 보낸다"고 썼을 것이다. 아무튼 나는 연필 유고의 까다로운 글들이 그것이 쓰인 형태나 그 내용에서 발저의 한창 진행중이었던 정신적 파탄을 반영한다는 견해를 미심쩍게 생각한다. 물론 그 글들이 특유의 독특한 형식 면에서, 이를테면 서정시의 운율을 맞추려는 극단적인 강박을 보인다거나, 종잇조각 어디든 빈 공간만 있으면 쓰였다는 양적인 규정성 같은 면에서 어느 정도는 병리적 글쓰기의 특징을 보인다는 것은 알겠다. 그것은 말하자면 『강도』에 나오는 이른바 뇌파, 그러니까 계속해서 멀리 있는 무언가를 생각하지 않을 수 없는 강박에 빠진 사람의 뇌파 같은 것인데 이것이 내게는 정신병을 앓는 증거로 보이지는 않는다. 오히려 발저의 『강도』야말로 가장 재치 있고 대담한 작품으로, 그 병력病歷의 집필자만이 아니라 주체 또한 작가의 자리를 차지하는 절대적인 정직함으로 쓰인 자화상이자 자기 탐구이다. 이 점에 부합하게도 서술자는 위험한 상태에 빠져 망가지기 일보 직전인 주인공의 친구이자 대변인, 후견인, 지킴이, 수호천사를 다 합쳐놓은 사람이 되며, 전혀는 아니라고 해도 얼마간 아이러니적 거리를 유지하면서―그가 한번 언급한 대로―서평자의 편안한 태도로 주인공의 입장을 대변한다. 그러나 그는 의뢰인의 이해관계를 옹호하고자 몇 번이고 다시 열정적인 대변인으로 돌변하기도 해서, 어느 대목에서는 독자 공중에게 다음과 같이 호소하기도 한다. "만날 건강한 책들만 읽지 말고, 소위 병든 책들도 좀 읽어보라. 그 책에서 여러분은 본질적인 경험들을 길어올릴 수도 있을 것이다. 건강한 사람들은 항상 어느 정도는 위험을 무릅쓰는 게 좋다. 무엇을 위해, 무슨 빌어먹은 호강을 누리겠다고 우리는 대체 건강한 걸까? 건강하다가 어느 날 갑자기 죽으려고? 저주받은 절망적인 운명이다. (…) 난 교양 있는 사람들에게 속물적인 면이 아주 많다는 것을 오늘따라 더 강력하게 느낀다. 도덕적이고 미학적인 의미에서 겁쟁이스러움Angstmeierliches 말이다. 하지만 두려움은 건강하지 않은 것이다. 강도는 언젠가 가장 멋진 익사로 죽을 뻔했다. (…) 1년 뒤 같은 강에서 낙농업 학교 학생이 익사한다. 그러니까 강도는 물의 요정 닉스가 다리를 붙잡고 놓아주지 않는 사람에게 어떤 일이 일어나는지 경험적으로 안다." 여기서 변호인 발저가 자신의 의뢰인을 위해 쏟아붓는 열정의 힘은 몰락의 위협으로부터 나온다. 이 세상의 가장자리 중에서도 가장 끝쪽 가장자리에서 쓰인 책이 있다면 그것이 바로 소설 『강도』다. 발저는 이제 곧 끝이 임박해오리라는 것을 느끼자 무덤덤하게, 아니 때로는 일종의 즐거움을 만끽하기도 하면서, 스스로에게 장난삼아 허용한 몇 가지 특이사항들을 빼면 더할 나위 없이 안정적으로 작업해나간다. "이제껏 책상 앞에 앉아 작업해온 그 오랜 세월 동안 지금처럼 대담하고 겁 없이 소설을 쓰기 시작한 적이 단 한 번도 없었다"고 서술자는 서두에서 우리에게 알린다. 실제로 그가 [작품의] 상당한 구조적 어려움과 함께 심각한 공황 상태와 알레그리아Allegria*란 말로만 정확하게 지칭할 수 있을 명랑성 사이를 오간 변덕스러운 기분을 다스렸던 차분한 태도는 고도의 예술적이고 도덕적인 자기주도성을 증명해준다. 발저는 또한 사후에 출간된 이 유작에, 말하자면 저세상에서부터 이미 쓰기 시작한 이 소설 속에 자신의 특수한 정신적 상태와 정신적 혼란의 본질에 대한 통찰을 심어놓았고, 그것은 내 식견으로는 다른 문학 어디에서도 만날 수 없는 성질의 것이다. 비할 데 없는 냉정함sang froid 으로 발저가 정리해놓은 것들은, 추정컨대 사소한 방치와 무관심의 연속이었던 교육에 자신이 겪는 고통의 기원이 있을 것이라는 점, 그가 반백의 남자로서 아직도 자기 안의 어린아이나 소년을 느낀다는 것이고, 또 그가 언제나 되고 싶어했던 소녀, 앞치마를 둘렀을 때 느꼈던 만족감, 숟가락을

---

* 명랑함, 쾌활을 의미하는 이탈리아어.

빨고 애무하는 사람의 페티시즘적 성향, 박해 망상과 포위당하고 봉쇄당하는 느낌, 『소송』의 요제프 K.를 떠올리게 하는, 감시당하는 상태에서 깨어난 자기 자신에 대한 흥미, 또 정말 그의 말대로라면 성욕 감퇴가 유발하는 백치가 될 위험 같은 것들이다. 그는 지진계와 같은 정밀함으로 자신의 의식의 가장자리에서 일어나는 아주 미세한 동요조차 빠짐없이 기록하며 자기 생각과 감정 속의 단층들과 잔물결까지 목록으로 정리해놓는데, 그것은 오늘날의 어떤 정신의학도 감히 꿈꿀 수 없는 것들이다. 정신과 의사가 강도에게 제안한 치료법을 서술자는 대수롭지 않게 생각하며, 신앙이라는 만능 치료제에 대해서는 더더욱 관심이 없을뿐더러 그것을 "아주 단순하고 값싼 영혼의 상태"라 부른다. "신앙에서 인간이 할 수 있는 일이란 없기 때문이다. 전혀 아무것도 없다. 조용히 믿으면 될 뿐이다. 기계적으로 양말을 뜨는 것처럼." 발저는 의료인들의 몽매주의에 대해서도, 다른 영혼의 인도자들[목회자들]의 몽매주의에 대해서도 알려고 들지 않는다. 그에게 중요한 것은 어떤 작가가 자신의 정신력을 철저하게 장악했을 때 어떻게 명석함의 최고조에 도달할 수 있는가이다. 내 생각에 발저는 『강도』를 써나갈 당시에 정신착란의 위험이야말로 완벽한 건강 상태에서는 불가능했던 관찰력과 서술력의 칼날 같은 예리함에 한번씩 도달하게 해주는 요인이라는 것을 여러 차례 깨달았던 것 같다. 하지만 그는 이렇게 얻은 특별한 지각력을 단순히 자신이 걸어온 고통의 길에 쏟지 않고 그의 다른 자아인 강도와 연결된 아웃사이더들과 격리된 자들, 지워진 자들에게 쏟았다. 그의 개인적인 운명은 그에게는 가장 시시한 것이었다. "대부분의 사람들에겐 불이 꺼져 있다"고 서술자는 말하는데 그는 모든 파괴된 삶에 고통을 느꼈다. 예컨대 어느 날 강도가 목격한, 고도 1000미터 위의 온천지 마글링겐에 사복 차림으로 놀러 왔던 프랑스 장교들을 보자. "아직도 생생하게 떠오르는 우리의 큰 전쟁이 터지기 직전이었는데, 저 위 생기발랄한 초원에서 휴식을 청하고 또 찾았던 젊은 신사들은 모두 곧 있을 민족의 부름에 응해야 했다." 절제된 연민의 감정으로 쓴 이 단 한 문장에 견주어볼 때, 당시 '강철 폭풍'*이니 하는 이데올로기에 감염된 문학들의 시끄러운 천둥소리는 얼마나 잘못되었던가? 발저는 거창한 제스처를 거부했다. 그는 자기 시대의 집단적 재앙에 대해 끝까지 침묵을 지켰다. 그렇다고 그가 정치적으로 순진했던 것은 결코 아니다. 제1차세계대전 발발 전의 몇 년간 오토만 제국이 개혁당의 공격을 받아 무너진 뒤, 자신을 보호해줄 열강으로 독일을 곁눈질하며 한눈을 판 현대 터키가 건국되었을 때, 발저는 회의적인 시선으로 이 사건을 지켜봤던 거의 유일한 사람이었다. 발저의 「작별Der Abschied」이란 산문에서 폐위당한 술탄은 자기 정권의 실책을 부인하지는 않지만 새로 얻은 이

---

* 독일의 극우 작가 에른스트 윙거(Ernst Junger, 1985-1998)의 제1차세계대전을 다룬 소설 『강철 폭풍 속에서*In Stahlgewittern*』를 빗대어 말하고 있다.

득이라고 하는 것에 회의를 표한다. 술탄이 말하기를, 물론 경제를 늘 잘못 운용해왔던 터키에서 이제 유능한 사람들이 나타나겠지만 "우리 정원은 시들 것이고 우리의 사원은 곧 불필요해질 것이다. (…) 내 이름만으로 하이에나들조차 경의를 표했던 사막에 이제는 철도가 지나갈 것이다. 터키인들은 중절모를 쓰고 독일인들처럼 보일 것이다. 세상 사람들은 우리에게 장사를 하라고 강요할 것이고, 우리가 잘 못하면 우리를 간단히 쏴 죽이리라". 대강 이런 식으로 역사는 진행됐다. 다만 우리의 저주받은 세기에 일어났던 첫 민족 학살은 독일인들에게 터키인들이 총격을 당해 죽거나 맞아 죽은 것이 아니라 아르메니아인들이 터키인들에게 당한 것이었다. 아무튼 좋게 출발한 것은 아니었다. 발저는 1909년에 하룬 알 라시드*의 눈으로 먼 미래를 내다보았다고 할 수 있고, 마찬가지로 1920년대가 어떤 결말을 보일지도 예견했다. 타고난 기질상 방탕아이면서 공화주의자인 강도는 영혼의 병을 얻는데, 그것은 **또한** 정치적 지평이 갈수록 암울해지기 때문이기도 하다. 진단명상 정확하게 무슨 병이었는가는 중요치 않다. 우리는 그저 발저가 마지막에 가서는 더이상 버틸 수 없었다는 사실을, 휠덜린처럼 일종의 아나키적인 정중함으로 사람들과 일정한 거리를 유지해야 했고,

---

* Harun al Rashid(763-809). 이슬람 왕조인 압바스 조의 제5대 칼리프. 그의 치세 중 수도 바그다드는 전성기를 구가하며 번영했고, 그 모습은 『천일야화』에 잘 묘사되어 있다.

고집을 피우고 기행을 일삼았으며 공공장소에서 소란을 피우게 됐다는 사실을, 그리고 고루한 도시 베른을 자신의 정신을 빼놓고 중요치 않은 사람으로 재빨리 밀어내는 데만 정신이 팔린 위협적인 몸짓의 유령 도시로 느꼈다는 사실을 이해하는 것으로 충분하리라. 베른에서 지낼 적에 발저는 말상대를 거의 찾을 수 없었다. 그를 무시하는 경향은 그의 두려움대로 어디서든 보편적으로 나타났다. 그에게 그래도 관심을 보였던 소수의 사람들 가운데 교사(이자 시인이었던) 에밀 쉬블리가 있었는데 발저는 그의 초대를 받아 1927년 여름 며칠간을 그의 집에서 보낸 적이 있다. 쉬블리는 『제랜더 폴크스슈팀메Seeländer Volksstimme』*지에 발표한 글에서 발저와의 만남을 묘사하면서 뜨내기 행색으로 떠돌며 극심한 고독에 시달리는 이 시인에게서 숨은 왕을 보았다고 썼다. "후세는 그 시인을 두고 위대한 시인까지는 아니라 하더라도 진기한 순수함을 간직한 시인이라고는 부르게 되리라."『강도』에서 확인할 수 있듯이 발저에게 아무것도 소유하지 않고 가진 것을 다 내주는 기독교적 소망은 전적으로 친숙한 것이었지만, 어떤 식의 메시아적인 사명을 주장하는 일은 그 자신을 위해서도 결코 없었다. 여전히 원한 섞인 자조적인 심정으로 그는 스스로를 스위스 연방에서 아홉번째로 위대한 작가로 칭하는 것에 만족했다. 하지만 우리는 발

---

* '제란트 민중의 목소리'라는 뜻의 지역 신문.

저에게 그가 한번은 강도에게 부여했고 또 실은 자기 자신에게도 허락했던 영예로운 칭호를 선사하고자 한다. 그것은 바로 스위스 칸톤 총서기의 아들Staatsschreibersohn*이라는 칭호다.

내가 처음으로 읽은 로베르트 발저의 산문은 클라이스트†가 스위스 툰Thun에서 잠시 살았던 시절에 대한 것‡으로, 자기 자신과 글쓰기에 대해서 절망하는 한 인간의 고통을 황홀하리만치 아름다운 주변 풍경과 함께 다루는 글이다. "클라이스트는 어느 교회 안뜰의 담장에 앉아 있다. 사위가 온통 습하고 후텁지근하다. 그는 가슴이 답답하여 윗옷 단추를 푼다. 저 아래에는 전능하신 하느님의 손에 의해 아래로 던져진 것 같은 노랗고 붉게 타오르는 호수가 있다. 생명을 얻은 알프스산은 경이로운 몸짓으로 이마를 물속에 담그고 있다." 그후 나는 몇 쪽 되지 않는 이 이야기에 거듭해서 빠져들었고, 이 작품을 시작으로 발저의 나머지 작품들을 답사하는 짧고 긴 여정들을 떠나곤 했다. 1960년대 중후반에 시작된 내 발저 독서 여정의 첫 시기에 이런 에피소드

---

* 총서기는 스위스 칸톤의 주정부 수반으로 '총서기의 아들'은 발저가 소설 『강도』에서 자신을 투영한 강도라는 인물을 묘사할 때 쓴 표현이다. 강도 내지는 발저가 어릴 적부터 고생을 많이 하고 떠돌아다녔지만 실은 높은 신분과 존경받는 집안 출신이지 않을까 하는 소망의 뜻으로 쓰인 듯하다.

† Bernd Heinrich Wilhelm von Kleist(1777-1811). 독일의 극작가이자 소설가.

‡ 산문 「툰의 클라이스트Kleist in Thun」.

가 있었다. 당시 맨체스터 고서점에서 사들인, 독일에서 추방된 유대인의 유품에서 나온 것이 틀림없는 배히톨트의 세 권짜리 켈러 전기에서 아름다운 세피아색 사진을 발견한 일이다. 그 사진은 아레Aare강의 어느 섬에 있는 나무와 덤불로 빽빽하게 에워싸인 집을 찍은 것인데, 클라이스트는 병을 얻어 뷔텐바흐 박사의 치료를 받으러 베른으로 가기 전인 1802년 초에 그 집에 머물며 광기의 희곡 『고노레츠 가문』을 집필했다. 그때부터 나는 모든 것이 시공간을 뛰어넘어 서로 연결되어 있다는 사실을 파악하는 법을 차츰 배우게 되었다. 프로이센의 작가 클라이스트의 삶이 툰에서 악치엔 양조장 직원으로 일했다고 주장하는 스위스 산문작가의 삶과 어떻게 연결되는지, 베를린 반제 호수에 울려퍼진 권총 소리*가 헤리자우 요양원의 창에서 바라본 풍경과 어떻게 연결되는지, 발저가 떠난 산책과 내가 떠난 소풍이, 출생일과 사망일이, 행복과 불행이, 자연의 역사와 우리 산업의 역사가, 고향의 역사와 망명의 역사가 서로 어떻게 연결되는지를. 이 모든 여정에서 발저는 항상 내 옆에서 같이 걸었다. 나는 일상의 작업을 중단할 필요조차 없었다. 어딘가 구석에서 그는 모습을 드러냈던 것이다. 방금까지 주변을 조금 둘러보고 있던, 도저히 몰라보고 지나칠 수 없는 고독한 방랑자의 형상으로 말이다. 그래서 때때로 나는 그의

* 클라이스트는 반제 호수에서 권총으로 자살했다.

두 눈으로 찬란한 제란트를 보았고, 또 이 제란트에서 은은히 빛나는 하나의 섬 같은 호수를 보았으며, 이 호수의 섬에서 다시금 다른 섬, "가벼운 아침 햇살의 안개에 싸여, 가물거리는 희끄무레한 빛 속에서 이리저리 부유하는" 생피에르 섬을 본 것처럼 생각된다. 저녁에 집으로 돌아오는 길에 빗속에 처량하게 잠겨 있는 호수변 산책로에 서면 저 멀리 수면 위에 '보트나 나룻배를 탄 항해 애호가들이 머리 위에 우산을 펼쳐놓은' 광경이 보인다. 그 풍경은 우리가 "중국이나 일본 또는 그 밖의 몽환적이고 시적인 나라"에 있다는 환상을 불러일으킨다. 메힐러가 상기하는 바처럼 정말로 발저는 해외로 나가거나 이민을 가려는 생각도 있었다. 발저의 형의 기억에 따르면 그는 심지어 수개월간의 인도 여행을 위해 [출판사 사장] 브루노 카시러가 발급해준 수표를 호주머니에 늘 넣고 다니기도 했다고 한다. 앙리 루소의 그림 같은 초록색 잎사귀 속에 호랑이 그리고 코끼리와 함께 숨어 있는 발저의 모습을 어렵지 않게 상상해볼 수 있다. 아니면 몬순 바람이 부는 해변 호텔 베란다에 있는 그의 모습이나, 눈 덮인 보아뱀을 닮은—언젠가 발저가 알프스에 대해서 비유했던 것처럼—히말라야 산기슭에 세워진 알록달록한 천막 앞에 있는 모습도 그려진다. 그렇다. 심지어 그는 사모아 군도까지 갈 뻔했다. 이와 관련된 『강도』의 한 대목을 말 그대로 믿어도 된다면, 그는 어느 날 베를린 포츠담 광장의 사람과 차량의 끝없는 행렬 한복판에서 아주 우연히도 [당시 독일의 외무장관] 발터 라테나우를 알게 되었고, 라테나우는 발저에게 독일인들이 "남태평양의 진주"라고 부르는 섬에서 식민지를 관리하는 업무 중 편한 자리 하나를 마련해주려고 했다는 것이다. 우리는 발저가 어떤 점에서는 유혹적인 이 제안을 왜 거절했는지 알지 못한다. 어쩌면 남태평양을 처음으로 발견한 독일 선구자들 가운데 오토 폰 코체부Otto von Kotzebue라는 사람이 있어서 그러지 않았을까 싶기도 하다. 발저는 같은 이름을 가진 극작가를 역겨운 자식이라 부르며 무던히도 싫어했던 만큼 그 항해자에게도 극복할 수 없는 선입관을 갖고 있었음이 틀림없다. 발저는 그 극작가가 지나치게 긴 코에 딱부리눈을 하고 있고, 목이 짧아그의 머리 전체가 무시무시하게 커다랗고 과시적인 재킷 옷깃에 파묻혀 있다고 주장했다. 또한 코체부는 클라이스트가절망하고 있던 때에 엄청난 양의 희극을 쏟아내어 눈부신상업적 성공을 거뒀는데, 발저는 코체부가 압도적인 분량을인쇄하여 송아지 가죽으로 장정하고 낯간지럽게 치장한 판본을 후손들에게 물려주었지만, 후손들이 이 작품들을 읽는다면 수치스러워서 얼굴이 새파래질 거라고도 했다. 더없이아름다운 남태평양의 환상 한복판에서 다름아닌 자기 자신이 경멸의 의미로 모아놓은 독일 정신사의 영웅들 가운데한 명인 그 문학적 풍운아를 떠올리게 될지도 모른다는 위험은 발저에게 분명 감당하기 어려웠으리라. 아무튼 발저는여행과 별 인연이 없었고 독일을 제외하면 외국이라곤 어디에도 가보지 못했다. 그가 발다우에 있던 시절부터 동경하던 도시 파리 역시 한 번도 가보지 못했다. 대신 그에게 빌의 운터가세 길은 "세상의 구원자와 해방자가 말을 타고 겸손하게 입성하는" 예루살렘의 어느 길처럼 보일 수 있었다. 그렇지 않으면 발저는 자주 야밤의 강행군 태세로 들어가, 특히 자기 앞에 나 있는 우윳빛 길을 달빛이 휘영청 비춰줄 때면, 지역 일대를 도보로 횡단했다. 한번은 1925년 가을에 베른에서 젠프까지, 콤포스텔라의 성 야고보의 성골함으로 가는 유서 깊은 순례길의 꽤 긴 구간을 도보로 여행하기도 했다. 이 여행에 대해 그는 별다른 기록을 남기지 않았다. 그저 프리부르에서—까마득히 높은 자리네 다리를 건너 도시로 들어가는 그의 모습이 떠오른다—양말 한 켤레를 샀고, 여러 가정부들에게 수작을 부렸으며, 어느 소년에게는 호두를 선물했고, 론 섬에서는 어둠 속을 헤매다가 루소 기념비 앞에서 모자를 잠깐 벗어 목례를 했으며, 호수 위 다리를 건널 때 기분이 명랑해졌다는 것 정도만 기록되어 있다. 그는 이런 유사한 내용들 몇 가지를 극히 압축적인 문체로 약 두 쪽에 걸쳐 기록해놓았다. 막상 도보 여행 자체에 대해서는 아무것도 알 수가 없으며, 걸을 때 머릿속에서 어떤 생각들이 오갔을지도 전혀 알 수 없다. 여행중인 로베르트 발저가 자기 자신으로부터 진정으로 자유로워진 모습을 나는 딱 한 번, 그가 베를린에 살 적에 당시 가로등에 막 불이 들어오기 시작한 비터펠트부터 발트해 해변까지 풍선기구를 타고

여행했을 때에만 보았을 뿐이다. "세 사람, 즉 선장, 신사 한 명, 젊은 여자 한 명이 기구 바구니에 승선했다. 묶여 있던 새끼줄이 풀리자 그 기이한 집채는 아직도 무슨 고민이 있는 양 우물쭈물하다가 하늘로 날아오르기 시작했다. (…) 아름다운 달밤이 화려한 풍선을 보이지 않는 팔로 감싸안아주는 것 같았다. 둥근 몸체는 살랑살랑 사뿐히 (…) 비행했고 (…) 부드러운 바람이 우리를 북쪽으로 떠미는 것조차 알아차릴 수 없을 정도였다." 아래로는 교회 첨탑, 마을 골목길, 안마당, 유령처럼 휙 하고 지나가는 기차, 장엄한 빛깔로 빛나는 엘베강의 물줄기가 보였다. "기이하게도 하얗게 윤을 낸 듯 반짝거리는 평야와 정원과 작은 덤불숲이 번갈아가면서 나타났다. 아래로는 그 누구도 발을 들이지 않을 것 같은, 몇몇 곳에서 아니 대부분의 곳에서 어떤 목적도 발견할 수 없을 것 같아 절대 발을 들이지 않을 그런 땅들을 볼 수 있었다. 우리에게 이 지구는 얼마나 크고 낯선 것인가!" 이와 같이 조용히 공중을 여행하기 위해 로베르트 발저는 태어났다. 그는 언제나 그의 모든 산문에서 무거운 지상의 삶을 넘어 더 자유로운 왕국으로 사뿐히 날아 조용히 사라지려 한다. 한밤의 잠든 독일을 풍선기구를 타고 날았던 여행을 기록한 칼럼은 이를 보여주는 하나의 단적인 예일 뿐이다. 여담이지만 이 사례가 내겐 나보코프가 가장 좋아하는 어린이책에 대해 쓴 추억의 이야기와 함께 생각난다. 검은 골리워그와 그의 친구들은—이들 중에는 난쟁이 혹은 릴리퍼트

인도 있다―그림책을 넘길 때마다 수많은 모험을 이겨내는
데, 집에서 너무 먼 곳까지 와버린 그들은 심지어 식인종들
에게 잡히고 만다. 그러자 그들이 "끝없이 긴 노란 비단 천
으로 비행선을 짓고 엄지 꼬마를 위해서 별도로 자그마한
풍선을 만드는" 장면이 나온다. 이어서 나보코프는 다음과
같이 쓰고 있다. "무시무시하게 높이 올라간 비행선 안에서
우리의 비행사들은 조금이라도 추위를 덜 느끼려고 옹송그
리며 모여 있었다. 그러는 동안 저쪽 한구석에서는 일인용
풍선에 탄 그 작은 사람이―그가 겪을 무시무시한 운명에
도 불구하고 나는 부러움을 억누를 수 없다―별과 얼음의
심연 속으로 홀로 멀어져갔다."

# 낮과 밤처럼
#### 얀 페터 트리프의 그림에 관하여

얀 페터 트리프*의 작품 목록은 사반세기를 거슬러올라간
다. 그것은 무척이나 상이한 크기의 작업들을 망라하는데,
연필이나 목탄으로 그린 것, 드라이포인트로 새기거나 수채
물감을 사용한 것도 있고, 구아슈나 그리자유,† 아크릴화와
유화도 있다. 모두 재현가능성의 한계까지 밀어붙여진 작업
들로서, 감상자에게 이 그림들은 매번 그 한계를 넘어선 지
점에까지 다다른 것처럼 느껴진다. 첫 3~4년 시기의 그림들
은 초현실주의, 빈의 환상적 리얼리즘 유파, 그리고 포토리

* Jan Peter Tripp(1945- ). 독일의 현대화가. 슈투트가르트에서 회화와 조각을
공부했다. 바이세나우 주립 정신병원에서 한 달간 머물며 그린 그림으로 유명해
졌고, 극사실주의적인 작업을 선보이고 있다. 제발트와 같은 중등학교를 다닌 친
구이며, 제발트가 작고할 때까지 긴밀하게 교류했다.
† 회색 및 채도가 낮은 한 가지 색채를 사용하여 그 명암과 농담으로 그리는 단
색화.

얼리즘의 영향을 분명하게 보여주고 68시대의 논쟁적인 전
략들 속에 얽매여 있다. 그러나 그가 라벤스부르크 근교의
바이세나우 주립 정신병원에 작업차 머물렀던 몇 달(1973)
사이에 이런 논쟁적인 특성들은 다 사라지고, 대신 삶의 현
상형식들을 순수하게 재현함으로써 그 현상형식들이 어떻
게 주형되고 진화하는지를 궁구하고자 하는 훨씬 더 극단
적인 객관성이 자리하게 된다. 이러한 과정에서 초상예술은
보통은 개성이라 부를 법한 [한 인간의] 특징과 작업 강박
및 영혼의 고통이 그 주체에 가한 변형Deformation 사이에

더이상 명료한 구분선을 그을 수 없게 만드는 위험천만한
병리적 작업이 된다. 바이세나우 정신병원 수감자들을 그린
그림이 인간의 머릿속에서 공명하는 공허에 대한 연구로 이
해될 수 있다면, 그 이후에 그려진 초상화와 자화상들 또한

세계를 거의 지워버리는 그 고립주의적인 면모에서 결코 앞의 그림들보다 뒤처지지 않는다. 트리프가 경제적·정치적 요직에 앉은 자들을 재현한 지난 몇 년간의 작업들조차 고통에 사로잡히고 뒤틀린 성격을 띠고 있으며, 바이세나우에서 인간 개개인을 (그 어떤 비방의 의도 없이) 자연 및 사회의 연관관계 속에서 찢겨져나온 일탈적인 피조물로 정체화했던 작업과 은근하게 교감한다. 문명화 과정 속에서 나날이 께름칙하게 변해가는 이러한 생물종에 대한 묘사의 이면에는 남겨진 풍경들, 그리고 특히 정물이 있다. 여기서는—사건들의 먼 저편에서—이제 부동不動의 사물들만이 어떤

기이하게 합리적으로 사고하는 종이 존재했었음을 증언할 뿐이다. 트리프의 정물화에서 화가가 다소 우연하게 모아놓은 무작위적 사물들의 조합에 자신의 기교와 지배권을 행사

하는 것은 중요하지 않다. 중요한 것은 맹렬한 노동의 동물인 우리와 종속적이고 의존적인 관계를 맺고 있는 사물들의 자율적인 현존이다. 그런데 그 사물들은 (보통은) 우리보다 더 오래 살아남으므로, 우리가 그것들에 관해 아는 바보다 그것들이 우리에 관해 아는 바가 더 많다. 그 사물들은 우리와 함께한 경험을 지니고 다니며—사실상—우리 자신의 역사가 쓰인 우리 앞에 펼쳐진 책 그 자체이다. 아버지의 일명 러시아 트렁크에는 아들의 신발이 들어 있고, 두 다스의 석판과 그 위에 끼적인 빛바랜 낙서는 진작에 사라지고 없는 한 학급을 불러내는데, 그것은 바로 과거의 이미지들, 인간의 삶에서 가장 수수께끼 같은 이미지들이다. **정물**nature morte이 우리가 남긴 유물의 범례라는 것은 트리프의 작품에서 그 어느 때보다도 분명하게 드러난다. 우리는 그 정물에서 모리스 메를로-퐁티가 「눈과 정신L'Oeil et l'Esprit」에서 '인간 이전의 시선'이라 불렀던 것을 보게 된다. 그런 그림들은 바라보는 자와 바라봄의 대상의 역할이 서로 뒤바뀌어 있기 때문이다. 화가는 바라보는 가운데 우리의 몹시도 경솔한 앎을 놓아버린다. 사물들은 우리를 향해 말끄러미 시선을 보낸다. "능동action과 피동passion은 거의 구분되지 않아서 누가 보고 있고 누가 바라봄을 당하는지, 누가 그리고 누가 그려지는지 더이상 알 수 없을 정도다"라고 메를로-퐁티는 쓴다.

현실에 대한 충실성이 가히 상상할 수 없을 지경에 이른

얀 페터 트리프의 작품을 숙고하다보면 성가신 리얼리즘 문제를 피해갈 수 없다. 그것은 트리프의 그림을 본 사람이라면 누구나 한 치의 오차도 없는 재현의 정확성에 제일 먼저 시선이 꽂히기 때문이기도 하고, 다른 한편으로는 바로 이 놀랄 만치 완벽한 기교야말로 역설적으로 그의 진정한 성

취를 보지 못하게 차단하는 것이기 때문이기도 하다. 완성된 그림의 표면이 별다른 실마리를 제공하지 않는 까닭에, 전문적인 예술비평가들조차 아마추어적으로 경탄을 표명할 뿐, 그것에 의미를 부여할 줄 모른다. 그리고 그런 표명에는 주목할 만하게도 종종 (이른바) 고개를 젓는 태도가 동반된다. 그 까닭은 이 의심의 여지 없는 경탄 속에 어떤 불쾌감이, 그러니까 모더니즘의 여러 전통 속에서 교육받았기

에 수공예와 관련해서는 일반적으로 무지한 예술의 대표자들이 특히나 느끼게 되는, 어떤 간파할 수 없는 트릭을 가지고 작업하는 마술사에게 속아넘어갔다는 불쾌한 감정이 섞여 들어가 있기 때문이다. 실제로 트리프는 감상자들이 이따금 그림의 문턱을 넘어가볼 수도 있겠다는 생각이 들 정도로 평면 속에 삼차원을 외삽하는interpolieren 데 성공했다. 그뿐만 아니라 그가 재현한 물질은—어린 마르셀의 삼나무

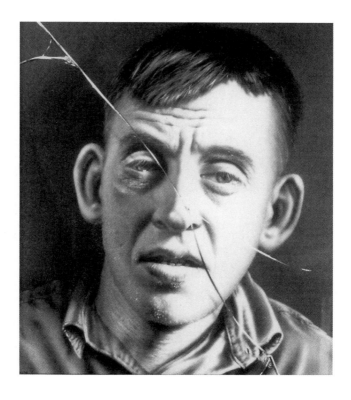

처럼 어두운 벨벳 재킷, 마르셀의 호박단 나비넥타이, 마흔한 개의 조약돌과 들판의 하얀 눈—그림 속에서 정말로 존재하는 것처럼 보여서 우리는 자신도 모르게 그것을 만져보기 위해 손을 뻗게 된다. 에른스트 곰브리치는 예술과 환상에 대한 광범위한 연구서에서 플리니우스에 의해 전해지는 그리스의 두 화가 파라시우스와 제욱시스의 이야기를 꺼내든다. 제욱시스는 포도를 어쩌나 감쪽같이 그렸는지 새들이 그 포도를 쪼아 먹으려 했다고 한다. 그러자 파라시우스는 제욱시스를 자신의 공방에 초대하여 자신의 작업을 보여주었다. 제욱시스가 파라시우스의 손에 이끌려 자기 앞의 패널화에 쳐 있는 장막을 걷어내려 했을 때, 그는 이 장막이 진짜가 아니라 그림에 불과하다는 것을 알아차렸다. 이어서 곰브리치는 눈속임trompe-l'œil 회화에서 그림의 암시 능력과 그림 감상시 생겨나는 기대의 태도가 어떻게 서로 상승작용을 일으키는지 설명한 뒤, 그가 이제까지 보았던 가장 설득력 있는 눈속임 그림은 그림 표면을 금이 간 유리처럼 보이게 '가장한' 것이었다고 언급하면서 그 문단을 마친다. 자, 트리프의 작품에는 제욱시스의 포도도, 금이 간 유리도 있다. 하지만 우리가 화가를 눈속임 회화의 대가로 일단 규정하려 한다면 헛짚은 것이다. 트리프는 눈속임 기법을 그저 많은 여러 기법들 가운데 하나로 사용할 뿐이고, 그럴 때 그것은 예컨대 수채화 〈가벼운 균열Ein leiser Sprung〉이 보여주듯이 언제나 가능한 한 가장 정확하게 회화의 내용과 연관성을 갖는다.

눈속임 회화는 비교적 적은 수단을 사용하여―특정한 투시도법적 장치들을 통해서든, 빛과 그림자의 정교한 분배를 통해서든―아무것도 없는 상태에서 이른바 **실재 효과**effet du réel를 마법처럼 만들어내는 한 가지 수법이다. 그런 수법에 가장 잔뼈가 굵은 실무가들은 주지하다시피 바로크 시대에 오스트리아와 바이에른을 편력하며, 다양한 실내공간들의 벽면에 일렬로 늘어서 있는 주랑 전체를 그려넣고 천장에는 웅대한 쿠폴라를 그려넣음으로써 별달리 인상적이지 않았던 그 공간에 궁궐 같은 분위기를 선사했던 콰드라투라 화가들quadratisti*이다. 자유자재로 응용 가능한 예술의 연마에 들러붙어 있는 고등 사기꾼의 냄새와 무의미의 기운은 이후 늦어도 사진술이 등장하고 그와 연계된 현대예술이 시작된 이래로 재현예술 전체를 사로잡게 되었다. 이런 이유에서 예술평론가들은 급진적인 예술적 입장들이 비재현적 예술에서처럼 오늘날 재현예술에서도 작업될 수 있을 것이라고는 거의 생각할 수 없었다. 특히 포토리얼리즘과 하이퍼리얼리즘이 사물화Verdinglichung를 지향하는 나름의 재현 수법들을 통해 스스로를 대단히 빠르게 소모시켜버린 상황에서는 더더욱 그러했다.

* 바로크 예술의 '콰드라투라' 회화 기법에 통달한 화가들을 뜻한다. '콰드라투라'는 주로 둥근 천장인 쿠폴라에 실제 실내건축 장식이 부착된 듯한 환영적인 공간 효과를 만들어내기 위해 원근법 등의 기법을 사용해 그려진 천장화를 말한다.

트리프의 작업이 이런 이미 거의 지나간 흐름과 반드시 연결되어 있지 않을까 하는 생각은 잘못 연상한 결과다. 그러한 연상에서 유일하게 주목해볼 만한 점이 있다면 그 연상이 간접적으로 불러내는 추측이다. 그것은 트리프의 그림에 내재한, 특유의 순전히 객관적이고 확증적이라고 할 수 있을 성격과 관련된 어떤 특성이 모든 감상자의 경탄을 확실히 자아내는 그런 현실과의 동일성(혹은 사진술과 같은 현실의 사출寫出)이라 규정될 수 없고, 오히려 현실과의 차이와 현실로부터의 이탈이라는 훨씬 덜 그럴싸해 보이는 특징으로 규정될 수 있으리라는 생각이다. 사진 이미지는 현실을 동어반복으로 탈바꿈한다. 카르티에−브레송이 중국을 간다면, 그가 중국에 사람들이 살고 있고 이 사람들이 중국인이라는 것을 보여준다고 수전 손택은 쓰고 있다. 하지만 사진술에 합당한 것이 예술에는 정당하지 않을 수 있다. 예술은 모호성, 다의성, 공명共鳴, 애매성, 계시Erleuchtung가 요구되고, 단적으로 말해 법칙적인 명제의 사례를 초월하는 성격이 요구된다. 롤랑 바르트는 그새 어디에나 편재하는 카메라를 든 남자에게서 죽음의 사신을 보았고, 사진에서는 계속해서 사멸해가는 삶의 잔여물과 같은 것을 보았다. 예술을 그러한 장례업과 구분시켜주는 것은, 삶과 죽음의 근접성이 예술의 주제이지, 예술의 강박은 아니라는 점이다. 무한한 복제의 연쇄 속에서 가시적 세계가 소멸되어버리는 현상에 맞서서 예술은 현상 형식들의 해체라는 수단으로 대응한다. 마찬가지로 얀 페터 트리프의 그림들 또한 전적으로 분석적이지만 종합적이지는 않은 특징을 갖는다. 그의 예술이 출발점으로 삼는 사진 재료는 미세하게 변형된다. 기계적으로 초점이 맞은 부분과 그렇지 않은 부분의 구분은 해소되고, 덧칠과 삭제가 가해진다. 어떤 것이 다른 곳으로 밀려나고 강조되기도 하며, 또 짧아지거나 아주 미세한 정도로 회전된다. 색조도 변경된다. 그러다보면 이따금 현실과 정면으로 대립하는 재현 체계를 예기치 않게 발생시키는 저 행복한 오류들을 범하게 된다. 그러한 개입, 이탈, 차이가 없다면 아무리 완벽한 재현이라 하더라도 어떠한 감정선도, 사고선도 그어질 수 없을 것이다. 그뿐만 아니라 트리프의 그림들을 연구할 때는 아무리 극도의 정밀함을 기해 작업하는 리얼리스트라고 하더라도 주어진 평면 위에서 결국에는 일정한 수효의 기호만을 그려넣을 수 있을 뿐이라는 곰브리치의 간결한 언명을 유념해야 한다. "화가가 가시계의 한계를 넘어서까지 그림 속 색의 흔적들 간의 파장을 맞추기 위해 아무리 갖은 애를 쓴다고 해도, 결국에는 무한히 미세한 영역의 재현을 위해서는 암시에 의존할 수밖에 없다. 우리가 얀 반 에이크의 그림 앞에 서 있다고 한다면 (…) 그가 가시계의 무궁무진한 디테일들의 풍요로움을 재현해내는 데 성공했다고 확신하게 될 것이다. 우리는 그가 황금빛 문직물紋織物의 모든 바늘땀을, 천사 머리칼의 모든 가닥을, 나뭇결의 모든 무늬를 다 그려넣었다는 인상을 받는다.

하지만 이것은 그가 아무리 확대경을 들고 헌신적으로 작업한다고 해도 불가능하다." 이 말은 완벽한 환영Illusion의 산출은 현기증을 자아내는 기교의 완성도에 달린 것이기도 하지만, 결정적으로 화가 스스로도 자신의 눈이 아직 보고 있는 것인지, 자신의 손이 아직 움직이고 있는 것인지 더이상 알 수 없는, 호흡이 멎는 어떤 상태의 직관적인 조종에 달려 있다는 뜻이기도 하다.

이렇게 극도의 집중력을 발휘한 작업에서 반복적으로 경험되는 호흡의 얇아짐, 차츰 커져가는 정적, 팔다리의 마비, 컴컴해지는 시야는 얀 페터 트리프의 그림들에 죽음을 끌고 들어왔다. 죽음은 뼈와 두개골에 관한 그의 초기 습작들에서는 지나치기 어려울 만큼 확연하게 드러나지만, 이후에 그린 불길한 오브제들, 초상 인물들의 얼굴들, 금이 간 유리, 조약돌의 비의적인 형태들, 또는 쉰 살의 프란츠 카프카를 그린 그림에서는 오히려 숨겨져 있다. 죽음을 방문하려면 화가는 경계 / 한계를 넘어야 했다. 저승을 향한 도정에는 어느 날 아침 현관문 앞에 널브러져 있던 숲겨울잠쥐도 있었다. 죽은 자를 그리려면 재빨리 그려야 한다는 말이 있지만, 트리프는 이 뜻밖에 찾아온 손님의 소리 없는 전언을 붙잡기 위해 부패하는 클로로포름 냄새 속에서 꼬박 칠 일을 그림에 매달렸다. 칠 일째가 되자 오래전에 생명이 사라진 육신에서 다시 한번 작게 발작이 일더니 압정 크기만한 핏방울 한 점이 콧구멍에서 뿜어져나왔다. 그것이 진정한 끝

이었다. 이제 그 동물은 바닥도 배경도 없는 무 속에 감싸여 그 박쥐 같은 귀를 쫑긋 세운 채 희박한 공기 속을 부유한 다. 눈가의 새까맣고 얼룩덜룩한 털은 마치 상장喪章처럼, 아 니면 북극을 통과해 여름밤을 가로질러가는 비행기 승객의 수면안대처럼 보였다. 우리는 꿈들을 이루는 재료와 같다. 우 리의 시시한 삶은 잠으로 완성된다.

얀 페터 트리프의 그림을 들여다보면 볼수록 표면의 환 영주의 이면에 무시무시한 깊이가 숨겨져 있다는 것을 깨 닫게 된다. 그것은 말하자면 현실의 형이상학적 안감이다. 고도의 리얼리즘을 보임에도 식물학 삽화를 훨씬 능가하 는, 최근에 막 시작된 그의 꽃 그림 연작에서 이 안감은 뒤 집혀 있다. 우선 자신의 고유한 색깔로 그려진 아주 흐드러 지게 핀 그 꽃들은 고요히 그리자유로 화하는데, 거기서 색 을 지닌 것은 그저 유령 같은 흔적만을 남겨놓고 있을 뿐이 다. 그것은 마치 도자기로 구워낸 경직된 죽음처럼 육신을 벗어나 있다. 그림들에는 하나같이 여성의 이름이 붙어 있는데, 이렇게 하여 이 그림들은 다른 성*에 귀속된다. 화려한 프리마돈나 같은 꽃의 형상 속에 유기체적 자연의 꺼질락 말락 한 흐릿한 반조가 비친다. 마찬가지로 녹색의 포도송이를 그린 그림에서 포도는 생명의 마지막 징후이다. 그림의 구도는 독특하게 의례적이고 엠블럼적인 양식에 의해 결정되어 있다. 어두컴컴한 배경, 모노그램이 수놓아진 하얀 아마포는 그 천이 혼례의 식탁이 아니라 어느 상여나 관대棺臺를 덮고 있음을 예감하게 한다. 회화라는 것이 검은 죽음과 흰 영원에 직면한 일종의 병리적 해부 작업이 아니라면 대체 무엇이란 말인가. 이 극단적인 대조는 갖가지 방식

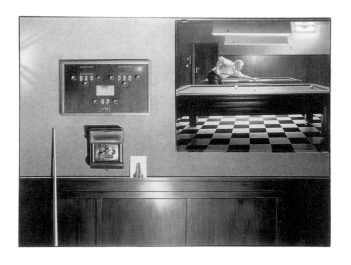

* 여성을 말한다.

으로 계속 회귀하는데, 이를테면 튈에린에서 그려진 벨기에 당구화 속 체스판 모양의 바닥 무늬로 등장하기도 한다. 이 그림은 화가 스스로가 매번 지정한 틀 속에서 조금만 삐끗해도 모든 것이 수포로 돌아가는 위험천만한 게임에 뛰어든 것이 아닐까 하는 생각이 우연이 아님을 증명해준다. 얀 페터 트리프의 초창기 그림들 중 한 점에서 이미 '코발트 청색의 크랍라크 공Kobaltblaue Krapplackkugel'*이 밤의 소실점을 향해 굴러가고 있으며, 이후에 이어진 모든 그림들에서 죽음과 삶 사이를 오가는 더없이 교묘한 포석과 술수를 보여준다. 인생은, 운명이 사람을 말 대신 잡고 두는/ 밤과 낮이 격자무늬를 이루는 체스판이다./ 이쪽으로 저쪽으로 움직여 잡고, 죽이고/ 하나씩 하나씩 상자로 돌려보낸다.

얀 페터 트리프의 그림들에서 죽음이라는 주제는 전적으로 프루스트의 규정을 따라 덧없는 순간들과 성좌들이 시간의 흐름에서 벗어남으로써 중지되는, 지나가고 있고 지나갔으며 잃어버린 시간의 주제와 연결된다. 빨간 장갑 한 짝, 다 타버린 성냥개비, 도마 위의 작은 양파 한 개와 같은 사물들은 자신 안에 모든 시간을 품고 있으며 화가의 헌신적인 노고를 통해 영원히 구원된다고 할 수 있을 것이다. 그 사물들을 감싸고 있는 기억의 아우라는 사물들에 멜랑콜리의 결정을 이루는 일종의 추모Andenken의 성격을 부여한다. 라

---

* '코발트 청색의 당구대 위의 크랍라크색 공'이라는 뜻으로 보인다. 크랍라크는 꼭두서니의 뿌리로부터 취한 염료로 만들어지는 적색 유기 안료의 총칭이다.

〈포도 II〉
얀 페터 트리프, 1988

카디에르다쥐르 지역의 어느 실내공간은 백회칠된 벽과 함
께, 물 위에 나룻배가 지나가고 있다는 모티프 정도만 식별
할 수 있는 어두컴컴한 유화식 석판화의 일부를 보여준다.
마분지 액자라는 착각을 불러내는, 유화식 석판화가 끼워
진 두터운 석고 액자에는 상아에 그린 세밀화 한 점이 부착
되어 있는데, 단어 그대로의 의미에서 흉상화라 할 수 있는
그 그림은 초상 인물의 얼굴이 알아볼 수 없을 만큼 긁혀져
있어서 그저 청색 제복을 입은 어느 낯모를 신사의 상체만
보인다. 그 밖에도 액자에는 바싹 말린 작은 꽃다발(내게는
1801년 5월 16일에 드레스덴 브륄의 테라스에서 카롤리네
폰 슐리벤이 하인리히 폰 클라이스트와 함께 엮은, 사진으
로 남아 보존된 그 행운의 화환을 곧바로 연상시킨다)과 함
께 화가의 생일인 5월 15일자의 달력에서 찢어낸 종잇조각

이 붙어 있다.

놓쳐버린 시간과 기억의 고통, 죽음의 형상이 자기 자신의 삶에서 가지고 온 인용으로서 여기 추모함 속에 모아져 있다. 추모란 인용과 근본적으로 다를 바가 전혀 없지 않던가. 텍스트에 (또는 이미지에) 집어넣은 인용은 움베르토 에코가 썼듯이 다른 텍스트와 이미지 들에 대한 우리의 앎과 더불어 세계에 대한 우리의 앎을 점검할 수밖에 없게 만든다. 이것은 다시금 시간을 요청한다. 우리는 그러한 시간을 들임으로써 이야기된 시간과 문화적 시간 속으로 진입한다. 그러면 이러한 시도를 마지막으로 370×220센티미터 크기의 그림 〈전쟁 선포La déclaration de guerre〉를 통해 한번 해보자. 그림에는 타일이 깔린 바닥 위에 한 켤레의 고급 숙녀화가 놓여 있는 것이 보인다. 바닥 타일에 그려진 담청색과 연백색의 문양, 회색빛 타일 줄눈, 햇볕을 받아 그림 중앙에 깔린, 창문의 철재 프레임이 그리는 마름모 모양의 빛의 망, 또 그 안에서 그림자가 진 두 영역 사이에 놓여 있는 검정 구두, 이것들은 모두 함께 언어로는 기술될 수 없는 복잡한 기하학적 문양을 이룬다. 상이한 관계들, 연결들, 얽힘들의 난해함의 정도를 시각적으로 예증하는 이 문양과 신비스러운 한 켤레의 검은 구두로부터 일종의 그림 수수께끼가 만들어지는데, 그것은 전사前史를 알지 못하는 감상자라면 좀처럼 풀 수 없는 그런 것이다. 이 구두는 어떤 여성의 소유였는가? 그녀는 어디로 갔는가? 이 신발은 다른 사람에게로 소유권

이 넘어간 것인가? 아니면 이 신발이 결국에는 자신이 그리는 모든 것으로부터 화가가 만들어낼 수밖에 없는 물신적 사물의 한 범례에 불과한 것인가? 이 그림에 대해서 우리는 그것이 그 재현적 형식과 외관상의 명료한 성격에도 불구하고 가장 사적인 영역에 자신을 걸어잠그고 있다는 것 외에는 더 말하기 어렵다. 이 신발은 자신의 비밀을 값싸게 넘겨주지 않는다. 물론 2년이 흐른 뒤 화가는 자신의 수수께끼 그림의 아주 일부를 적어도 조금은 공론장의 영역 속에 밀어넣는다. 이 대형 작품은 현저히 더 작은 크기(100×145센티미터)의 작품 속에서 다시 한번 등장하는데, 이때 그것은 단순한 인용이 아니라 재현의 매개적 대상으로서 등장한다. 그 그림은 이제 캔버스 위쪽으로 3분의 2가량을 채우면서, 아마도 자신의 원래 자리로 보이는 곳에 걸려 있다. 그리고 그 그림, 〈전쟁 선포〉 앞에는 어떤 불타는 듯한 붉은 머리의 여성이 흰색 방석이 달린 마호가니목 의자에 옆으로 기대어 감상자를 등지고 앉아 있다. 그녀는 우아한 차림을 하고 있

지만, 저녁이 되어 하루 일과의 무게에 지친 기색이 역력하다. 그녀는 자신의 구두―그것은 그녀가 그 커다란 그림에서 보고 있는 구두와 같은 것이다―한 짝을 벗어놓고 있다. 원래 그녀는 이 벗은 구두를 왼손에 들고 있다가 의자 옆 오른쪽 바닥에 놓았을 것이고, 종내는 그 구두가 온데간데없이 사라진 것으로 봐야 할 것이다. 신발의 한 짝만 신은 채, 곁에 있는 충성스러운 개를 제외한다면 자기 자신과 수수께끼 같은 전쟁 선포와만 홀로 남겨진 그녀, 그리고 분명 그림의 신발에는 별 관심이 없고 그림 바깥의 우리를 내다보며 우리의 눈을 응시하는 개. 뢴트겐 촬영을 해본다면 그 개가 이전에는 그림 중앙에 서 있었다는 사실이 입증될 것이다. 개는 그사이 어딘가를 다녀왔고 일종의 나막신을 가지고 왔는데, 그것은 15세기 내지는 런던의 내셔널갤러리에 걸려 있는 혼례성사 그림에서 온 것이다. 얀 반 에이크는 그 그림을 1434년에 조반니 아르놀피니, 그리고 이 남자가 '왼손을

내밀어'* 귀천貴賤상혼을 맺은 조반나 체나미를 위해서 입회의 증거로 그렸다. '요하네스 드 에이크가 여기 있었다Johannes de Eyck hic fuit'라는 문장은 장면 전체를 뒤에서 바라본 시점에서 축소시킨 형태로 다시 한번 가시화하는 원형 거울의 액자틀 위에 적혀 있다. 그리고 그림 전면의 좌측 아래 가장자리에

그 나막신이 놓여 있다. 이 기이한 증거물은 강아지와 함께 십중팔구 부부 간의 신의의 상징으로 작품의 배치 안에 들어왔을 터이다. 얀 페터 트리프의 그림 속에서 자기 신발의 역사와 불가해한 상실에 대해 숙고하는 붉은 머리의 여성은

* 신분이 높은 남자가 신분이 낮은 여자와 결혼할 때의 관습.

그 비밀의 공표가 그녀 바로 등뒤에—오래전에 지나가버린 세계에서 나온 유사한 물건의 형상으로—존재한다는 사실을 알지 못한다. 비밀의 담지자로서 시간의 심연을 훌쩍 뛰

어넘는 개는—그에게는 15세기와 20세기 사이에 어떠한 차이도 없는 까닭에—어떤 점에서는 우리보다 더욱 정확히 알고 있다. 개의 왼쪽 (길들여진) 눈은 주의 깊게 우리를 향해 있다. 오른쪽 (야생의) 눈은 미미하게나마 빛을 덜 발하고, 왠지 삐딱하고 낯선 인상을 준다. 하지만 우리는 바로 이 그늘진 눈이 우리를 꿰뚫어본다고 느끼는 것이다.

# 전원과 우울에 갇힌 작가의 초상

W. G. 제발트의 산문집 『전원에 머문 날들. 고트프리트 켈러와 요한 페터 헤벨, 로베르트 발저 등에 관하여 *Logis in einem Landhaus. Über Gottfried Keller, Johann Peter Hebel, Robert Walser und andere*』(1998)는 책의 부제가 말하듯이 고트프리트 켈러, 요한 페터 헤벨, 로베르트 발저에 대한, 그리고 부제에는 명시되어 있지 않지만 장-자크 루소, 에두아르트 뫼리케, 얀 페터 트리프에 대한 작가의 에세이가 묶여 있는 비평집이다. 『전원에 머문 날들』은 작가의 출판목록에서 독특한 위치를 차지한다. 누군가는 이 책을 오랫동안 대학에 몸담고 문학을 연구했던 독문학자 제발트가 출간한 세번째 비평집으로 분류할 것이다. 교수자격 취득을 위해 제출한 오스트리아 문학에 대한 연구서 『불행에 관한 기술. 슈티프터에서 한트케까지 오스트리아문학에 관하여』(1985), 그리고 역시 오스

트리아 작가들을 다룬 『섬뜩한 고향. 오스트리아문학에 대한 에세이』(1991)는 모두 문학연구자로서 제발트가 밟아온 이력을 보여주는 책이다. 1998년에 출판된 『전원에 머문 날들』 또한 얼핏 이러한 연장선상에 있어 보인다. 앞의 두 논문집이 특정한 주제 아래 다양한 오스트리아 출신 작가들에 대한 밀도 높은 비평적 탐구를 시도했다면, 여기서는 그 관심을 스위스와 알레만 지역 출신 작가들에게 쏟았다는 정도의 차이만 있는 것처럼 말이다.

그러나 막상 책장을 펼쳐 읽어보면 전혀 다른 인상을 받게 된다. 학술적인 글쓰기에서는 허용되지 않을 다소 주관적이고 때로는 지극히 개인적인 목소리가 들려오기 때문이다. 여기서 제발트는 자신이 다루는 작가들을 향한 흠모와 연민의 마음을 숨기지 않으며, 그들과 관련된 자신의 개인사를 끄집어내고 그들과의 사적인 인연을 어떻게든 에세이의 중요한 주제로 격상시키려 한다. 이러한 서술 태도는 이 책의 에세이들이 실은 제발트 자신에 대한 글이 아닌가, 그래서 우베 쉬테Uwe Schütte가 명명했듯이 "작가 (자신의) 전기Auto(r)biographie", 즉 작가 전기로 가장한 자전적 에세이가 아닌가 하는 의혹을 불러일으킨다. 물론 이러한 이야기 방식은 이미 에세이적인 소설들로 세계적인 명성을 얻은 제발트의 작품들(특히 그의 첫 소설집 『현기증. 감정들』에 실린 스탕달과 카프카를 다룬 작품들)을 읽어본 독자라면 낯설게 느껴지지 않을 것이다. 그렇다면 『전원에 머문 날들』은 이미한 권의 시집과 세 권의 소설에서 픽션과 논픽션의 경계를 넘나드는 글쓰기로 자신의 고유한 영역을 개척한 작가의 또 다른 '작품'일 수도 있다. 실제로 이 책은 앞의 두 비평서와 달리 학술적 글쓰기의 징표인 주석을 깨끗이 추방해버렸으며, 특정한 작가의 문학세계를 체계적으로 해설하려는 노력에는 통 관심이 없다는 듯이 작가와 관련된 온갖 여담과 사담으로 즐겨 빠져든다. 또한 여기에서는 이전의 두 비평집과 달리 다수의 이미지가 텍스트 사이에서 그 존재감을 발하고 있다. 제발트는 픽션적 텍스트에 사진 이미지를 나란히 병치하여 텍스트와 이미지 사이에 묘한 긴장관계를 형성하는 것을 자기 산문 예술의 장기로 삼지 않았던가. 그렇다면 『전원에 머문 날들』은 그의 감춰진 또다른 산문 픽션인 것일까?

「머리말」에서 제발트는 이 책이 자신이 남다른 애정을 품고 있는 "동료들"에게 바치는 일종의 "난외주석Marginalien"이라고 말한다. 그렇다면 그는 이 책이 한 텍스트에 부속된 성격의 글이라는 것, 달리 말하면 비평적 성격의 글이라는 것을 분명하게 밝힌 셈이다. 하지만 어떤 비평인가? 그것은 난외주석으로, 텍스트의 핵심이 아니라 주변부와 세부사항에 천착하는 글쓰기, 혹은 책의 여백에 끼적이는 독서 메모 같은 것이다. 제발트의 이 말은 단순한 겸손의 표현만은 아니다. 『전원에 머문 날들』에 대해 어쩌면 확실하게 말할 수 있는 유일한 점이 있다면 그것은 이 책이 본질적으로 변방을 지향한다는 점일 것이다. 중심이 아니라 변방을, 즉 어딘가 비껴나 있고 그늘진 곳에 강하게 이끌리는 것이 이 책의 이념이다. 따라서 이 산문집이 어딘가 주변적인 인상을 자아낸다면 그것은 우연이 아니다. 제발트가 한데 모아놓은 작가들은 하나같이 변방의 기운을 풍긴다. 그것은 켈러와 발저, 헤벨이 독일문학사에서는 변방에 해당할 스위스 태생이고(물론 루소도 스위스 제네바 출신이다), 헤벨과 뫼리케는 알레만 지역, 즉 스위스 및 프랑스와 국경을 맞대고 있는 독일 서남 지역에서 평생을 살았기에 특정한 지역색이 강하게 느껴져서일 수도 있다. 실제로 헤벨은 알레만 방언으로 시를 썼고 달력에 들어가는 이야기들을 창작했기에 본격 문학이나 고급 문학 작가로 오랫동안 대우받지 못했고, 뫼리케는 정치적 보수성을 이유로 문학사에서 박한 평가를 받았던 '비더마이어' 사조의 작가이며, 발저는 20세기 후반에 가서야 비로소 구제된 작가이다.

물론 제발트가 다루는 작가들이 문학사에서 제일 빛나는 자리를 차지하지 못했다는 사실은 이 책의 지향성을 온전히 설명해주지 못한다. (제발트 덕분에 이러한 평가조차 달라지고 있다.) 『전원에 머문 날들』이 중심을 기피하는 성향이 있다면, 그것은 이 책이 '전원'이라는 주제를 다루기 때문일 것이다. 소란스러운 중심으로부터 멀어지고픈 소망, 급변하는 세상의 속도에서 벗어나 느림과 정체 속에 머무르고자 하는 소망의 시공간이 '전원Idyll'이다. 그리하여 전원의 문학은 전통적으로 인간세계와 자연세계, 도시와 시골의 대립 구도 속에서 현실과 동떨어진 자연적 삶의 고립적이고 보호 막적인 성격을 강조한다. 물론 그러한 도피처를 찾는 인간의 실존은 행복과는 거리가 멀다. 따라서 전원은 본질적으로 우울과 불가분의 관계에 있다. 황폐해진 심신을 달래기 위해 찾는 세계가 전원인 것이다. 그리고 이 우울은 제발트가 이 책에서 거듭 강조하듯이 글쓰기라는 악덕이 필연적으로 끌어들이는 불치의 병과 같은 것이다.

『전원에 머문 날들』의 원제는 "Logis in einem Landhaus"로, 직역하면 '시골집에서의 유숙'이라는 뜻이다. 이 제목은 제발트가 책에서도 꽤 길게 인용하는 로베르트 발저의 산문 「툰의 클라이스트」(1907)의 첫 문장에 나오는 "Kost und Logis in einem Landhaus"에서 따온 것이다. 원래 "Kost und Logis"는 흔히 함께 쓰이는 말로 하숙집이나 여관에서 '숙식'한다는 뜻을 갖는데 제발트는 '식사'를 의미하는 'Kost'를 빼고 나머지만을 제목으로 남겼다. 그러니까 이 제목은 '불완전한' 인용이고—물론 모든 인용은 다 불완전하지만—그래서 원문을 향해 거슬러올라가야 할 것만 같은 의무감을 불러일으킨다. 발저의 「툰의 클라이스트」는 그 제목 그대로 독일 작가 하인리히 폰 클라이스트가 스위스 툰에 잠시 내려와 있던 시기를 다룬다. 독일에서 가장 위대한 작가 중 한 사람으로 꼽히는 클라이스트는 아직 등단 전인 1802년, 파리에서 온갖 환멸을 느끼고 '루소처럼' 농부가 되겠다고 스위스 베른주에 위치한 소도시 툰으로 내려온다. 그는 세상과 깊이 불화했으며, 약혼녀와의 관계는 파탄 직전이었고, "자연스럽고 힘차게 절망할 수"* 있기를 소망할 정도로 견딜 수 없는 미적지근한 자살 충동에 시달렸다. 그는 툰에서 아레강의 하중도인 일명 '아레섬Aare-Insel'에 위치한 외딴 시골집에 짐을 풀고 전원에서 새로운 삶을 시작한다. 하지만 그는 여기서도 "글쓰기의 업보를 저주"† 하면서 『깨어진 항아리』를 집필하기도 하고, 좀처럼 만족을 주지 않는 글쓰기 노동에 어김없이 정신을 소진시킨다.

제발트가 『전원에 머문 날들』에서 다루는 작가들은 작품 세계나 활동한 시대는 제각각 다를지 몰라도 모두 발저가 그려낸 툰에서의 클라이스트를 닮았다. 그들은 모두 클라이스트의 형제들이다. 그들 중에는 먼저 루소가 있다. 『에밀』 출간 이후 교회와 당국의 탄압을 피해 스위스의 생피에르섬으로 도망쳐온 루소는 작은 천국처럼 고요한 섬에서 잠시나마 해방을 느낀다. 이곳에서만은 집필과 사고의 노동에서 벗어나 완전한 휴식을 취할 수 있으리라는 루소의 소망은 물론 좌절된다. 뫼리케는 어떤가. 그야말로 '전원'을 하나의 중요한 주제로 만들었던 '비더마이어' 사조의 대표적인 시인으로서 뫼리케는 혁명과 복고의 격랑에서 일찍이 허

---

\* 로베르트 발저, 「툰의 클라이스트」, 『세상의 끝』, 임홍배 엮고 옮김, 문학판 2017, 443쪽.
† 같은 글, 440쪽.

무를 간파하고 전원 속에서 평온과 행복을 구하지만, 시민적 삶을 끊임없이 위협하는 심신의 마비와 멜랑콜리에 거듭 굴복한다. 심지어 연륜과 지혜를 갖춘 친근한 이야기꾼이자 이 세계를 주재하는 오묘한 질서와 균형에 대해 가르쳐주는 목회자 헤벨조차도 이따금 파국과 종말의 불안을 떨칠 수 없었던 신경증 환자로 드러난다. 제발트는 헤벨 문학의 단정한 세계 이면에 프랑스혁명과 나폴레옹 전쟁을 몸소 겪은 작가의 불안과 우울, 그리고 묵시록적 비전이 감춰져 있음을 이야기한다. 또 19세기 중후반 많은 이들을 실향민과 이민자, 패배자와 범죄자로 만들고 자연까지 황폐화시키는 무시무시한 자본주의의 확산을 배경으로 하는 고트프리트 켈러의 문학에도 역시 유사한 퇴행적 소망과 우울이 침윤되어 있다. "진정한 전원"이란 "세계사적 파국"을 배경으로 할 때에만 그 힘을 발휘하지만, 이 파국을 더이상 배경에 가둬놓을 수 없을 지경이 되면 그것 또한 전원의 한 구성요소가 될 수밖에 없다는 아도르노의 통찰처럼,* 켈러의 문학에서 자본의 위력은 전원의 매력을 부각시키는 배경으로 남기에는 이미 목전까지 밀려와 있다. 이 작가들은 모두 자신들의 시대에서 어찌할 수 없는 파국을 피해 전원의 세계와 글쓰기를 도피처로 삼았으나 이는 물론 일시적인 진통제일 뿐, 죽음만이 치료해줄 수 있는 고통의 영구적인 연장에 불과한

* Theodor W. Adorno, "Wirtschaftskrise als Idyll", *Noten zur Literatur*, Suhrkamp Verlag, 2003, p. 637.

것으로 드러난다.

그리고 로베르트 발저가 있다. 변두리 중에서도 가장 변두리에 있는 작가, 그래서 제발트가 가장 깊이 사랑했던 이 작가에게도 하염없는 글쓰기와 걷기만이 유일한 구원으로 남아 있다. 어릴 적부터 평생을 벗어날 수 없었던 빈곤과 고독은 발저가 굴레처럼 짊어져야 했던 너무나도 무거운 삶의 무게였기에 제발트는 발저가 그 우울의 중력으로부터 벗어나기 위해 최대한 자신의 존재를 가볍고 덧없게 만드는 글쓰기의 기술을 궁리했다고 말한다. 그러나 동시에 글쓰기는 발저에게 끝없는 고통의 원천이었으며, 스스로를 시골 정신병원에 유폐시키고도 멈출 수 없었던 강박이기도 했다. 어쩌면 그것이 발저가 클라이스트에게서 발견한 자화상일지도 모른다. 그리고 이것이 제발트가 클라이스트를 거쳐 발저에게서, 아니 켈러와 뫼리케, 루소와 헤벨에게서 발견한 자신의 작가 초상일 것이다.

여기에서 『전원에 머문 날들』의 원제 "Logis in einem Landhaus"의 새로운 의미가 드러난다. 독학자이자 다독가였던 발저는 자신이 읽은 작가들에 대한 독후감 및 비평으로서 "시인 초상Dichterporträt"을 즐겨 시도했고, 이 장르에서 독특한 족적을 남겼다.* 시인 초상, 혹은 '작가 초상Autorenporträt'이

---

* 이러한 글들을 모아놓은 선집이 『이 작가들은 문학을 올바로 했는가?』이다. Robert Walser, *Dichteten diese Dichter richtig?*, hg. v. Bernhard Echte, Insel Verlag, 2002.

란 말 그대로 어떤 작가에 대한 특정한 상을 묘파해내는 전기적이고 비평적인 성격의 산문 장르다. 「툰의 클라이스트」는 발저가 남긴 수많은 시인 초상 중에서도 특히나 빼어난 작품이다. 그리고 제발트는 자신의 책 제목에 이 글의 첫 문장을 일부 '인용'하여 발저와 그의 작가 초상을 '오마주'함과 동시에 자신의 책 역시 이러한 전통을 따르고 있음을 넌지시 알린다. 따라서 이 책의 마지막에 실린 얀 페터 트리프에 대한 에세이는 이런 점에서 무척이나 의미심장하다. 물론 이 글은 얼핏 나머지 에세이들과 동떨어져 보인다. 일단 트리프는 작가라기보다는 화가이고 제발트의 동향 친구로서 시골 출신이라는 공통점이 있지만 전원이라는 주제로 묶이지 않는 작품세계를 선보인다. 그렇다면 제발트는 왜 트리프에 대한 에세이를, 그것도 맨 끝에 넣었는가? 「머리말」에서 제발트는 자신이 예술에 대한 많은 것을, 특히 예술의 수공예적인 면모, 즉 예술의 기술 및 실제에 대한 많은 것을 트리프에게 배웠음을 강조한다. 그렇다면 트리프에 대한 에세이는 다른 에세이들과 달리 일종의 방법론에 해당한다고 할 수 있을 것이다. 이 책이 '작가 초상' 장르를 지향하는 데에는 다 그럴 만한 이유가 있었던 것이다. 작가 초상은 그 기원이 회화에 있는 장르이다. 화가가 초상화를 그리듯이, 문인 역시 어떤 작가에 대해 초상화를 그릴 수 있을 텐데, 다만 그 수단이 언어라는 점이 다를 뿐이다. 따라서 트리프의 작업 방식과 이에 대한 제발트의 분석과 비평은 (이 책에서의) 자신의 작업 방식에 대한 메타적 설명이자 논평이라 할 수 있다. 이렇게 본다면 우리는 「낮과 밤처럼」에서 제발트 문학에 대한 꽤 많은 신념들을 읽어낼 수 있다. 초상예술이란 한 인간을 그의 개성적 얼굴과 병적 얼굴을 더이상 구분할 수 없는 수준에서 포착하는 일종의 병리학적 작업이라는 것, 예술은 디테일에 있으며 재현 예술에서 문제가 되는 점은 현실과의 완벽한 일치가 아니라 오히려 현실과의 미세한 차이 두기라는 것, 인용이란 근본적으로 기억이자 추모라는 것 등을 말이다. 이런 점에서 『전원에 머문 날들』은 제발트의 중요한 시학서로도 읽을 수 있다.

*

제발트의 산문을 번역하고 출판할 수 있도록 도와준 문학동네와 세심하고 꼼꼼한 교정으로 역자의 부족함을 채워준 이경록 편집자님께 감사의 마음을 전한다.

2021년 3월
이경진

# W. G. 제발트 연보

1944년   5월 18일 독일 바이에른주 베르타흐에서 태어난다. 베르타흐는 어린 제발트에게 큰 영향을 끼친 외조부가 마흔 해 동안 지방 경찰관으로 근무한 곳이다.

1947년   프랑스에서 전쟁포로로 억류되어 있던 부친이 귀환한다.

1952년   바이에른주 존트호펜으로 이주한다.

1956년   외조부가 세상을 떠난다.

1963년   심장병 때문에 병역을 면제받고, 프라이부르크에서 독일문학을 전공한다.

1965년   스위스 프리부르(프랑스어권)로 옮겨 공부를 계속한다.

1966년   학사학위 취득. 같은 해, 연구생 자격으로 영국 맨체스터 대학에 진학한다.

1967년   오스트리아 출신 여성과 결혼한다.

1968년   카를 슈테른하임에 관한 논문으로 석사학위를 취득하고, 1969년까지 스위스 장크트갈렌에 있는 기숙학교에서 한 해 동안 교사 생활을 한다.

1969년   『카를 슈테른하임: 빌헬름 시대의 비평가이자 희생자 *Carl Sternheim: Kritiker und Opfer der Wilhelminischen Ära*』 출간.

1970년    영국 노리치의 이스트앵글리아 대학에서 강의를 시
         작한다.

1973년    알프레트 되블린에 관한 논문으로 박사학위 취득.

1975년    뮌헨의 괴테인스티투트에서 근무한다.

1976년    아내, 딸과 함께 다시 영국으로 이주하여 노퍽 주 포
         링랜드에 있는 사제관에서 근무한다.

1980년    『되블린 작품에 나타난 파괴의 신화*Der Mythus der
         Zerstörung im Werk Döblins*』 발표.

1985년    에세이집 『불행에 관한 기술. 슈티프터에서 한트케
         까지 오스트리아문학에 관하여*Die Beschreibung des
         Unglücks. Zur österreichischen Literatur von Stifter bis
         Handke*』 출판.

1986년    함부르크 대학에 교수자격논문 제출.

1988년    이스트앵글리아 대학 현대독일문학 교수직으로 임명
         된다. 『급진적 무대: 1970년대와 1980년대 독일 연
         극*A Radical Stage: Theatre in Germany in the 1970 s
         and 1980s*』 편집. 첫 산문시집 『자연을 따라. 기초시』
         출간.

1989년    이스트앵글리아 대학에 영국문학번역센터를 창립한다.

1990년    『현기증. 감정들*Schwindel. Gefühle.*』 출간.

1991년    『섬뜩한 고향. 오스트리아문학에 관한 에세이*Unheim-li
         che Heimat. Essays zur österreichischen Literatur*』 출
         간.

1992년    『이민자들*Die Ausgewanderten. Vier lange Erzäh-
         lungen*』 출간.